满庭芳文萃

陪伴

李 新

马秀毅 著

中国纺织出版社有限公司

内 容 提 要

关于一对龙凤胎的成长实录，两个小生命日日成长的惊喜，与长辈那纯真有趣的交流，在清爽的阅读中让人感受到一次生命的洗礼。生命需要陪伴，这陪伴是相互的，孩子在长辈的陪伴下长大，长辈也在陪伴中获得新的生命体验。无论长幼，在这个世界上有缘同行一段，都是值得珍惜的福气。

图书在版编目（CIP）数据

陪伴 / 李新，马秀毅著. -- 北京：中国纺织出版社有限公司，2024.2

（满庭芳文萃）

ISBN 978-7-5229-0965-3

Ⅰ. ①陪⋯　Ⅱ. ①李⋯ ②马⋯　Ⅲ. ①散文集—中国—当代　Ⅳ. ①I267

中国国家版本馆CIP数据核字（2023）第233486号

责任编辑：郝珊珊　责任校对：王蕙莹　责任印制：储志伟

中国纺织出版社有限公司出版发行
地址：北京市朝阳区百子湾东里 A407 号楼　邮政编码：100124
销售电话：010—67004422　传真：010—87155801
http://www.c-textilep.com
中国纺织出版社天猫旗舰店
官方微博 http://weibo.com/2119887771
北京虎彩文化传播有限公司印刷　各地新华书店经销
2024 年 2 月第 1 版第 1 次印刷
开本：880×1230　1 / 32　总印张：64.75
总字数：998 千字　总定价：600.00 元

凡购本书，如有缺页、倒页、脱页，由本社图书营销中心调换

序

这些文字，陪伴了我整整一个夏天。

2022年夏天，注定让人忘不掉，创纪录的高温，时时敲打着几近麻木的神经，内心所奢望的平静，几乎遥不可及。我很幸运，6月初，海怡发来刚刚整理出的，关于孙子、孙女，一对龙凤胎的成长实录，两个小生命日日成长的惊喜，携带着隔辈亲那纯真有趣的交流，使一向讨厌空调的我，在清爽的阅读中从容度暑。

早在2014年4月，这对早产两个月的宝贝还在医院监护室时，海怡就开始了她的实录；待到子情、子恒先后回到家中，老两口一直悉心陪护，每天记录下小生命细微的变化。当时写下的文字，海怡曾用E-mail发给我，我想，除了辛苦，海怡内心里必是有几分骄傲，她希望通过分享，让我也从中体验两个小生命逐日成长的乐趣。我鼓励她坚持下去，这样的机会，人生难得一遇。话说起来轻松，做起来并不容易，此后邮件中，常有"坚持写育儿日记。孩子醒了，不多写了"这样的语句。没想到，她这一写，竟坚持七年，直到两个孩子进了小学。

每一个生命，无论多么普通，其生长无不充满惊心动魄的瞬间，只是我们习以为常，疏于关注，时间的流逝，最终把一切磨平了。有谁记得自己第一声啼哭、第一次睁开眼睛的时刻？有谁记得嘴角翘出第一个微笑、第一次看到彩色玩具时的模样？有谁记得自己哪一天学会了翻身，又在哪一天让身子稳稳坐住？子情、子恒是幸运的，在他们还没有认知能力的时候，奶奶记下了一切。从学会爬行到站起来，迈出蹒跚第一步，是孩子成长中重要的节点，海怡此处用笔最细，把这一过程的反复、艰辛，姐弟俩各自不同的状态和性情，写得活灵活现。海怡还用笔和相机，记下了他们之间第一次交流："（2014年9月17日）两个宝宝长这么大，还不曾有意识地相互对望过。今天他们俩在爸妈的帮助下，终于相互对望了。爱笑的恒儿还给小姐姐送上一个灿烂的甜甜的笑，小姐姐情儿热情地拉拉小弟的手。但愿这次的亲密接触能在他们的意识中留下点印象，使他们知道彼此的存在。"在记录两个孩子的细微变化中，海怡也随时记下了自己的感悟："宝宝们一天天长大，天天都有变化都有惊喜发生……感谢儿子、儿媳给我们带来这样一对可爱的宝宝，让我们在感受生命宝贵的同时，更感受生命成长过程中的神奇与欣喜。""啥事情做久了都会生厌，只有看婴孩纯真的笑脸百看不厌，听婴孩银铃般的笑声百听不烦。"

从前些年读过片段，到今天慢慢读完全篇，我感觉自己也受到了一次生命的洗礼。生命需要陪伴，这陪伴是相互的，却也只能是一段。孩子在长辈的陪伴下长大，长辈也在陪伴中获得新的生命体验。无论长幼，在这个世界上有缘同行一段，就是值得珍惜的福气。孩子长大了，尝到了生活的真滋味，读到这些文字，也许会感到幸运，也许会感到羞涩，我想，他（她）一定会从中得到力量。

海怡业余从事文学写作多年，以纪游文字见长，在与自然风物的对话中锤炼自己的语言。她不会想到，桌前灯下的苦功，日后承载了如此难得的生命之重。这也是冥冥之中的付托吧。凡所给予，必先索取。一切好像都是安排好的。我要对子情、子恒说，你们已经是小学生，要多看几遍奶奶写下的这些文字，一定要学好语文，向奶奶学习，学会用中国的语言记下身边的人和事。当你们用自己的笔去抒写生活，会发现生活更丰富，世界更美好。

谢大光

2023 年 6 月

自 序

　　2014年4月，经儿媳妇艰辛的孕育，7个多月的双宝，在妈妈肚子里不淡定了，特别是老大，闹着要出来看这个充满爱的世界。儿媳有了要生产的迹象，羊水破了，只好住院。4月17日，一大早奶奶便给主治大夫打了电话，7点多做了剖腹产，两个小生命呱呱坠地。老大体重3斤2两，老二体重3斤。看着瘦小的孙子孙女，在喜悦之际添了些许担心及忧虑。电梯里，看到了抱在护士怀里的两个宝宝，奶奶便觉得直摄自己的魂魄，知道什么是隔辈亲了！　不禁在心里念叨：宝贝们，你们可要好好地长大呀。回到病房，奶奶便又担心儿媳妇的身体。怀孕期间，吃一口吐一口，身体很虚弱，为此家里请了月嫂，准备好好地照顾他们母子三人……

目录

陪伴日记

2014

5月3日

　　为了俺家的龙凤胎宝贝和他们母亲的身体健康，奶奶开始钻研美食靓汤，天天煲汤，几乎成了煲汤大王。今日煲汤：猪脚黄豆汤，辅以黄花菜、枸杞、香葱、香菜、香油，尝一口，味道极美。

奶奶买了两本做饭的书

5月8日

医院终于通知可以接大宝回家了，一家人按捺不住激动的心情。爸爸忙着打扫家里的卫生，妈妈在月嫂的帮助下通奶准备食粮，爷爷跑前跑后地采买生活用品，奶奶则拿出自己亲手缝制的用品给大宝铺设睡床。一家人喜乐融融在等大宝回家的同时，更祈愿二宝也尽快康健归家。

奶奶亲自做的漂亮的小床围子

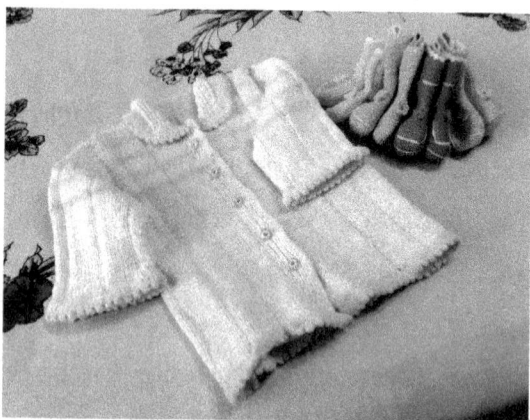
奶奶织的毛衣、小鞋子

5月11日

宝贝情儿出院回家

宝宝们出生二十几天了，我们还没见过他们的真面目，全家都在期盼着能尽快见到宝宝，于是围绕着谁去医院接宝宝开始了讨论。

孩子还没满月，妈妈需要休息，大家一直劝妈妈不要去医院，但思子心切，妈妈坚决要去。爸爸新理了发，洗了车，早就着急了。爷爷奶奶也都争着去接。爷爷随和地说："要不你们都去，我在家等好了。"月嫂小杨看着大家，笑眯眯地开了口："爷爷是一家之主，更是孩子们的保护神，爷爷也应该去。"这一说，全家你看看我，我看看你，爷爷立马拍板："全家一起去好了。"月嫂拿上给孩子准备好的衣服包被，妈妈穿上红色的风衣，戴上黄色的帽子，奶奶也换上了新买的衣服，爷爷带上一切出院的必需证件，于是乎一家子高高兴兴地上路去医院接小公主情儿回家。

路上，爷爷心急得直埋怨路况不好，不时地斥责那些不按规矩跑车的人，说人家把路堵了耽误事。不管怎样，还是很顺利地到了医院。

监护室的大厅里已经有几家等着接孩子的人了，看他们眼神里都满含焦虑，只要监护室的门一开，大家就会不约而同地站起涌向出来的护士，直到那家人抱上自己的宝贝孩子离去，才会重新坐下。

一切手续在办理，爸爸、爷爷楼上楼下跑着缴费盖章，妈妈、奶奶、月嫂急不可耐地盯着那扇紧闭的门。终于听到喊我家大宝的床号了，大家一起站起来，我的心提到了嗓子眼。看着护士怀里娇小瘦弱的大宝，想起孩子妈妈怀孕时的艰辛及所受的磨难，心里发酸，眼泪在眼眶里打转转。拥有这姐弟俩是多么的不容易。大宝就在咫尺了，二宝还在保温箱里不能与姐姐一起回家，此时心里真是喜忧参半。这是我们家血脉的延续呀，是我们全家人期盼已久盼来的宝贝，今天终于见到了其中一个，怎能不激动？怎能不更加期盼二宝早日出院归家呢？

来不及多想，急忙收回思绪，听护士给我们讲回家后的护理及注意事项。小杨做月嫂工作已有十几年的经验，她很内行地问一些细节问题，我们都认真地听着，准备回家照做，好好地护理我们的小天使。

都想抱抱亲亲大宝，但又怕伤着她，妈妈、奶奶也只好让月嫂小杨代劳。

该离开了，我提议留个纪念，于是一张幸福照诞生了。这不是我们的全家福，因为里面没有二宝恒儿，我在心里默念着：二宝呀，快快好起来吧，爸爸妈妈、爷爷奶奶都在等着你回家呢。

2014年5月9日下午5点，接情儿回家的日子就永远记在我们心中了。

爸爸妈妈给两个宝宝买的换尿布的台子

爸爸妈妈买的消毒锅及放置奶瓶的用具

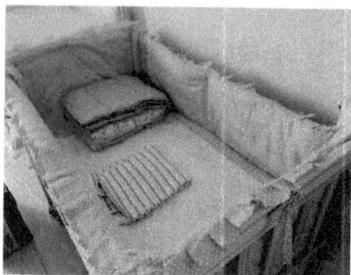
奶奶给大宝铺设的小床及用品

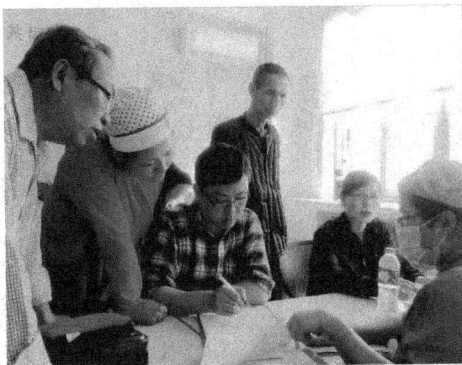

爷爷、妈妈认真地看医院给的宝宝的各种资料，爸爸签字

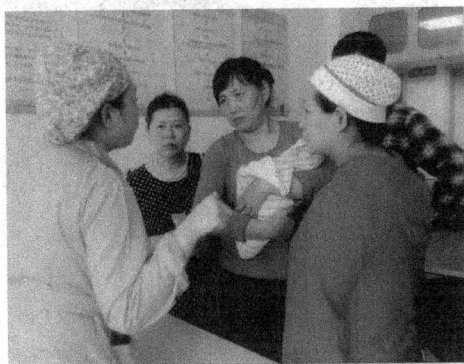

全家仔细地听护士讲解回家喂养注意事项

合个影作纪念，等二宝加入才是全家福

不追风不赶雨
不请求春天停留
因为我心里有阳光
眼睛里有你
幸福就再也不会离去

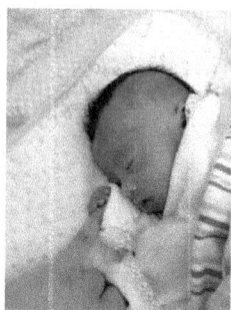

攥着妈妈的指头安睡

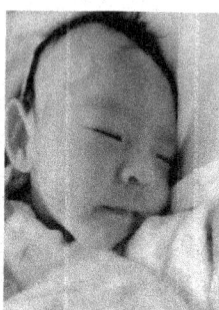

情儿22天出院纪念

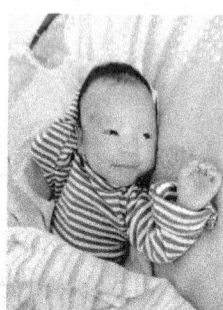

回到家一觉醒来脸上有了笑意

5月11日

惬意母亲节

升级当了奶奶，除了欣喜激动之外，生活内容也有了很大的变化。母亲节到了，儿子让我们回自己家休息一下，于是我让自己灵魂回归大自然，远的去不了，就背起相机走进附近的公园。

夜里一场雨把公园里的所有都清洗得干干净净。空气清新怡人，绿莹莹的树叶青草发出油亮的光。清风习习，树木摇曳，弯曲的路旁小花热热闹闹地开着，伸出嫩枝牵扯我的衣角，就像孙女的小小玉指，牵着我的手，令我陶醉。

哪里有花儿，哪里就一定有蜜蜂，它们以自己辛勤的劳作创造甜蜜的生活，就像人一样，就像我与夫君一样，不辞辛苦，无私无怨地奉献着自己的余生。尽管已进入暮年，依然天天忙忙碌碌手脚不闲，尽管有时会感到疲倦，但一看到小孙女花一样的笑靥，听到她甜美的撒娇的哭声，身心的疲惫便会一扫而光，身上充满了力量。此时竟然想起母亲生前的话："过日子就是过人气，没有人还有什么过头，有了人就有了一切，日子就似蜜甜。"这充满希冀的话语永远记在了我的心里。

众生物用自己的生命点缀着大自然，前几天还是尖尖角的小荷，几天就铺平了自己的身姿，用翠绿、鹅黄、微红承接天上的雨露。太阳光下，春瘦的湖经过昨夜雨的浇灌，丰盈起来。此时湖面碧波荡漾，田叶盛珠，玉盘闪光，鱼儿戏水，呈现一派祥和景象，令我迷醉。

　　走在斑斑驳驳的树影中，清风吹拂我的脸颊，听鸟儿在树上歌唱，真是久违了的惬意。此时竟然是我一个人置身此景中，我独自享受着这份清寂，脑海里总是闪现那俊美的婴孩的面庞。我知道：从此后她就是我的挚爱，还有那个让我时时刻刻牵挂的不曾亲眼看到的另一婴孩，都是我心中的宝。这不解的缘分将伴我终生，就像我与湖里的荷、身边的树、树上的鸟儿一样，是我生命中不可缺少的生活动力。

　　感念苍天，感念大地，感念这个伴我几十年的小公园，给了我四季不同的风景。感念我的亲人，给了我那么多的关爱及责任，令我领略了生活中的百味人生。感念我的儿子、儿媳，孕育了一对可爱的宝宝，让我们升级当了祖父母，再次感受了一个家庭血脉传承的重要，正如身边的树木，在增长年轮的同时，也在经历四季不同的风景……

5月20日

孩子的新衣服，好可爱。

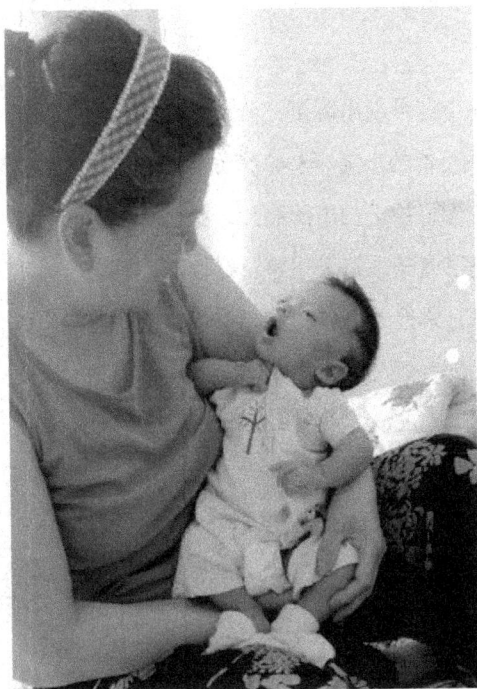

情儿与奶奶

5月26日

休整结束，又可以看见我家小天使纯真的微笑了，这会儿有一点迫不及待。

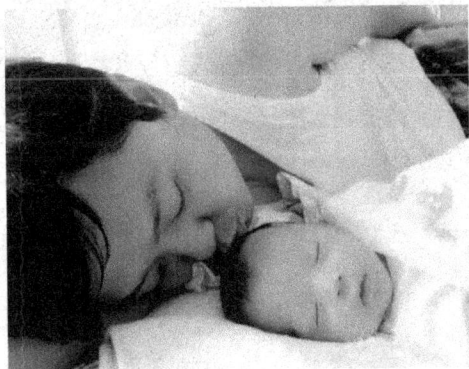

情儿与爸爸

6月2日

父爱不仅如山，亦如水。

6月3日　下午

接到医院通知，说小宝可以出院了，全家人都很激动，奶奶只想哭。在心里问："我可怜的小宝，这48天你是怎样熬过来的？每次去医院看你都很焦虑，护士拍出的照片，奶奶都不忍心看。看到你瘦小的身上插满了管子，每天还要打针输液，奶奶就忍不住流泪。我可怜的宝贝，你终于可以回家与爷爷奶奶、爸爸妈妈团聚了。"想到就要见到小宝，奶奶激动得夜里都睡不着觉。

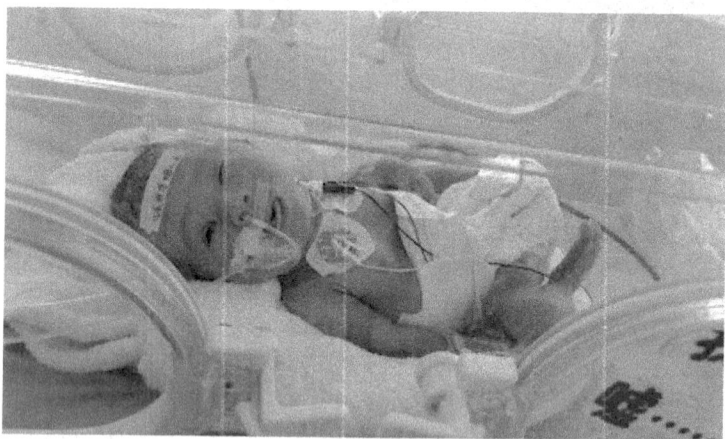

护士拍摄的小宝恒儿在保温箱里的模样

6月4日　下午

终于盼到这一天了。妈妈在家照顾情儿，爷爷、奶奶、爸爸、月嫂一起到了医院，又是一番交接手续，小宝鼻子上插着氧气管，那大大的黑黑的氧气袋比小宝都大，看得奶奶心里发酸难受。把小宝抱到怀里，感觉是那样的轻（4斤重）。头发被医生剃成了地中海，头睡成了平行四边形，面庞清瘦，双眼圆睁，双眼皮很明显，看着令人心疼。带氧回家第一天，还算顺利，吃奶后吸氧两次，哭声似小猫，弱弱的没有力气。大家除了心疼还是心疼，对小宝倍加爱护。月嫂给小宝洗了澡，他在自己的家里安安静静地睡着了。

奶奶给小宝恒儿准备的小床

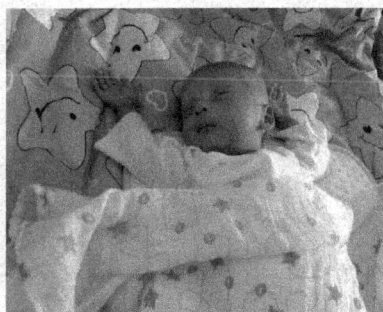

小宝洗澡后安安静静地睡着了

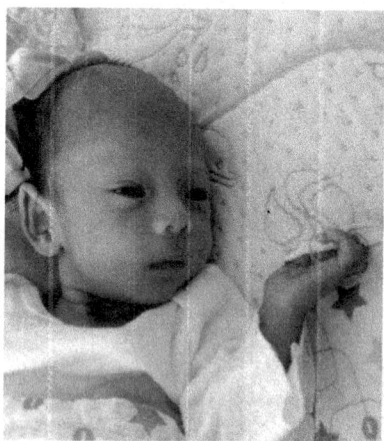

清瘦的恒儿令人爱怜

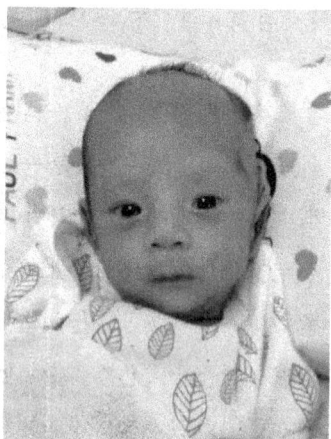

出院一周的恒儿

6月19日

二宝恒儿，出院回家调养后，体重猛增，终于快撵上姐姐了。

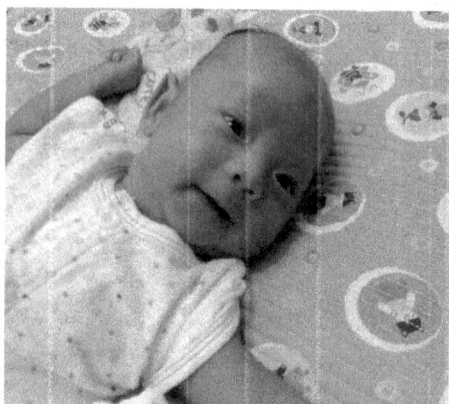

恒儿回到家胖了

回到妈妈怀抱，好幸福

14

母女深情凝望

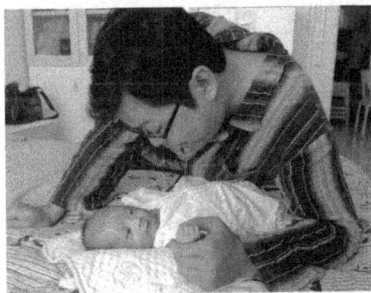
父爱也如水

一家四口终于团圆

睡在奶奶胸脯好舒服

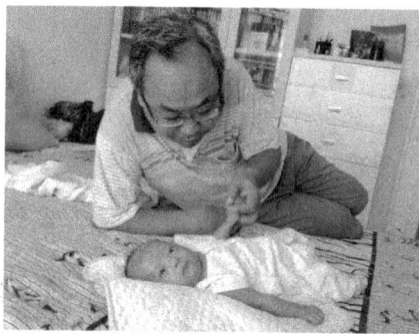

爷爷与恒儿牵手

6月22日

　　午夜，熟睡的情儿突然大哭不止，妈妈抱之、喂之、慰之，依然啼哭；奶奶起之、抱之、小声慰之，依然啼哭；爸爸起之、抱之，哭声更甚。无奈抱给月嫂慰之，哭止渐安，慢慢眠之。奶奶一脸无奈，不佩服又奈何！

7月6日

　　情儿、恒儿的觉睡颠倒了，清晨5点才进入梦乡。现在室内寂静无声，夜半却是满室通明，情歌恒舞，呢喃声声……

情歌恒舞

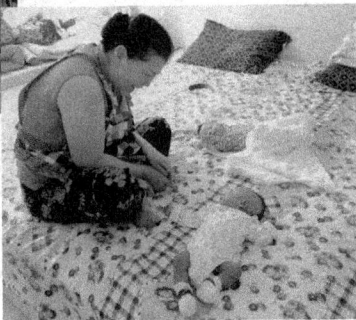

隔辈亲

17

7月17日

月嫂走了，从今天起，我们开始靠自己的能力养育我们的孩子。

妈妈在给恒儿做保健操

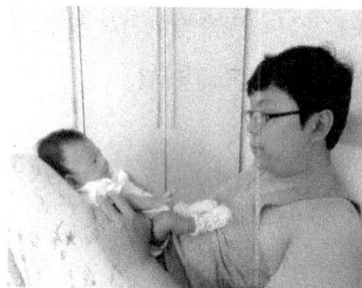

爸爸在与他的小情人对话

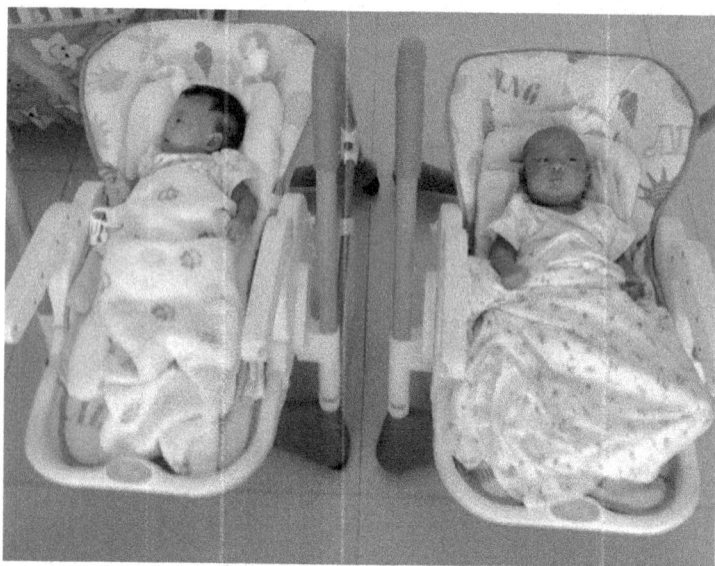

两个宝宝很安恬

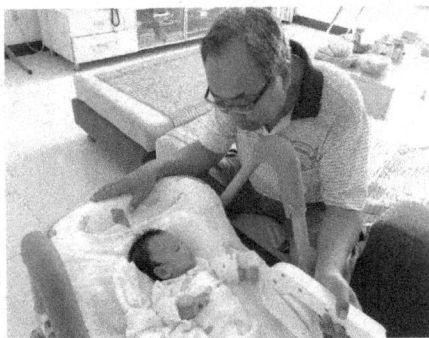

爷爷在与小孙女说话

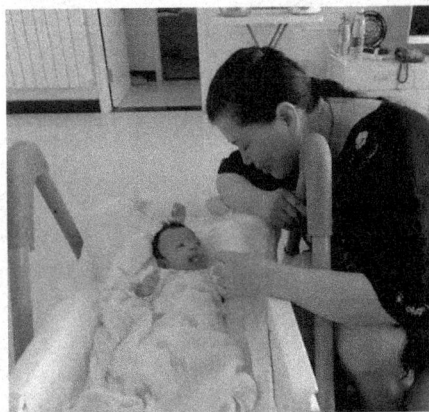

奶奶在逗情儿

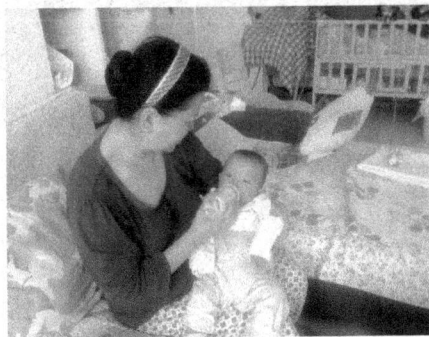

奶奶喂恒儿喝奶

8月4日

情儿、恒儿百日

宽宏一词耀高风，
平安二字伴终生，
幸福快乐诗画意，
天长地久情谊重。

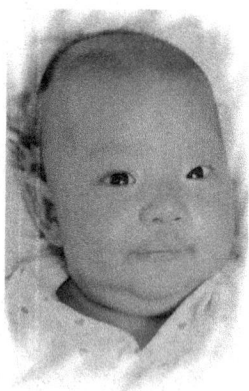

恒儿百日

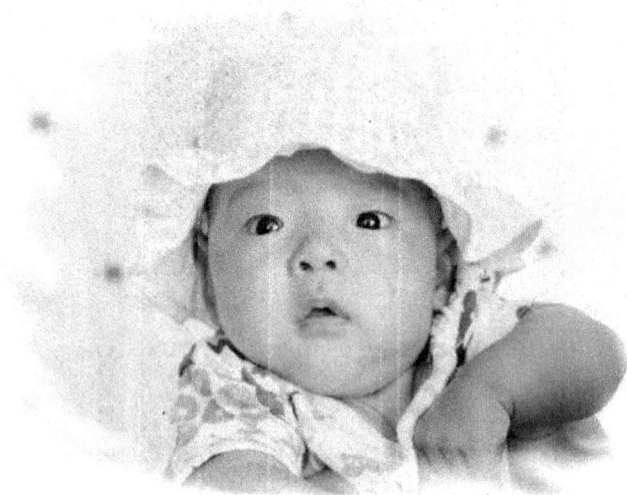

情儿百日

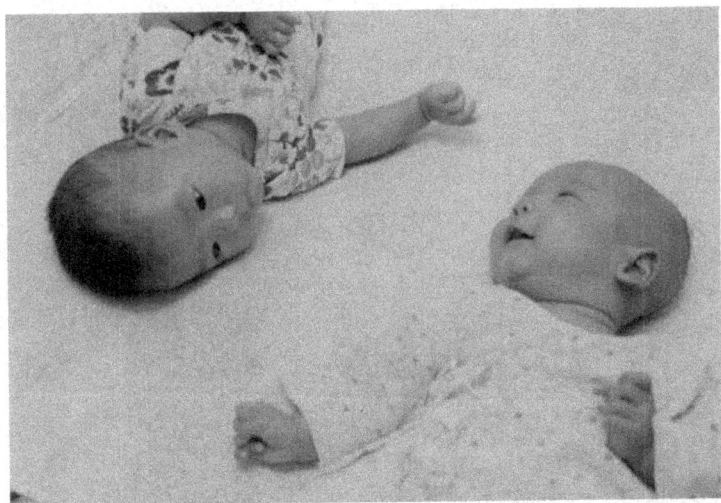

永远的姐弟

8月7日

有你们真好!

宝贝们,拥有你们我就拥有了世界。

有了你们,心情格外舒畅;

有了你们,岁月充满希望;

有了你们,生活有了方向;

有了你们,再累也甜入心房。

有你们真好!

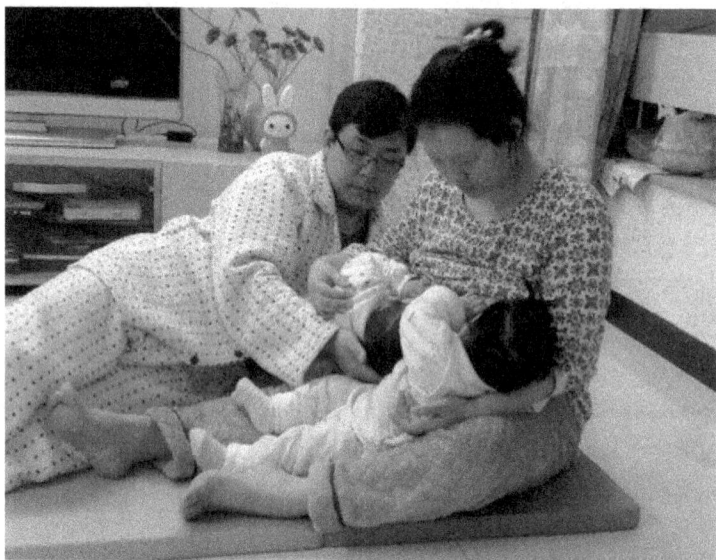

最幸福的时刻就是在妈妈怀里吮吸香甜的乳汁

8月13日

　　孩子是娇弱的，不幸都着凉发烧住进了医院。经治疗，大宝情儿病愈出院。奶奶看着情儿，心里说：宝贝，你终于回到家，在我们焦急的期盼和关爱中回到了亲人的怀抱。看着妈妈慈爱的面庞你睡去，5小时了还没醒来，是离开家后没有爸妈的陪伴缺了觉，还是觉得到家了特别踏实？梦里可有爷爷奶奶、爸爸妈妈亲切的呼唤？可有弟弟咿呀的呢喃？盼你醒来，盼看你明媚的笑颜、明亮的眼睛，妈妈已备好奶液，等你醒来饱餐呢⋯⋯

8月24日

前天与夫君到大石桥附近的南阳路，那里有一座二十几层的大厦，还有一条小街道，这两处有许多专门提供月嫂、育婴师、家庭护工的公司。为了找到一个我们心目中理想的育婴师，我与夫君一家家走访，看登记表，直接与来自天南地北的妇女同志交流，了解她们的工作能力，是否掌握育婴师应该知道的知识，了解她们的性格脾气。她们有的有各种证件，人却与我们没有眼缘；有的没有证件，却被所属公司说得很有经验、很能干。为了我们的两个宝贝儿，我们俩脑子始终很清醒，不遇到我们心仪的人绝不贸然决定任用。好在有三天的试用期，不然只听她们说又怎能知道她们是否有经验与能干呢？通过与这么多人当面交流，我们基本了解了这个行业的一些规则和规矩，尽管走得腿脚疼，说话说得口干舌燥，但还是有所收获。尽管没有最后敲定，总有了几个比较满意的人选。世间的事就是这样，有付出就有收获，且应一切随缘⋯⋯

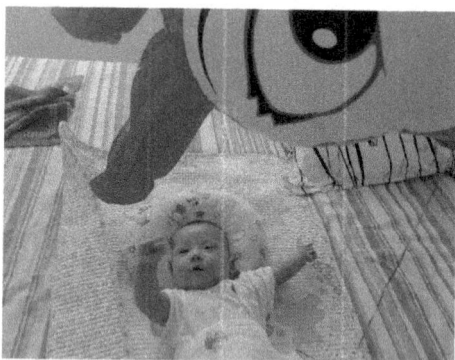

8 月 28 日

　　恒儿玩大眼猫猫，乐得手舞足蹈。

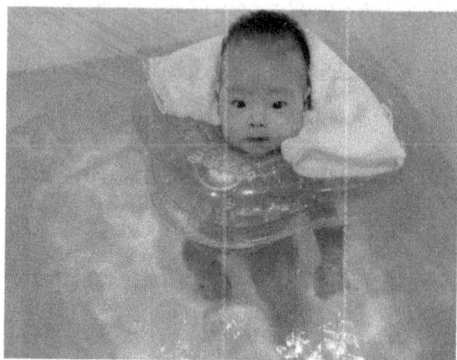

8 月 29 日

　　小小青蛙，呱呱，本领真大，呱呱，跳进水中，呱呱，游泳健将，呱呱。

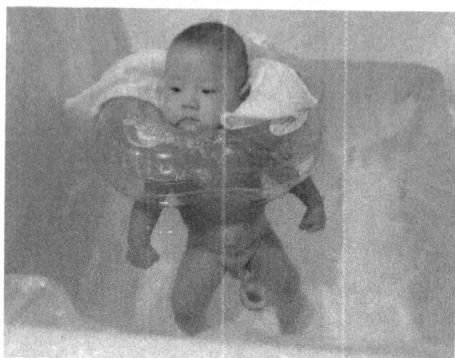

喜欢游泳的姐弟

8月31日

孙子对奶奶的回报……

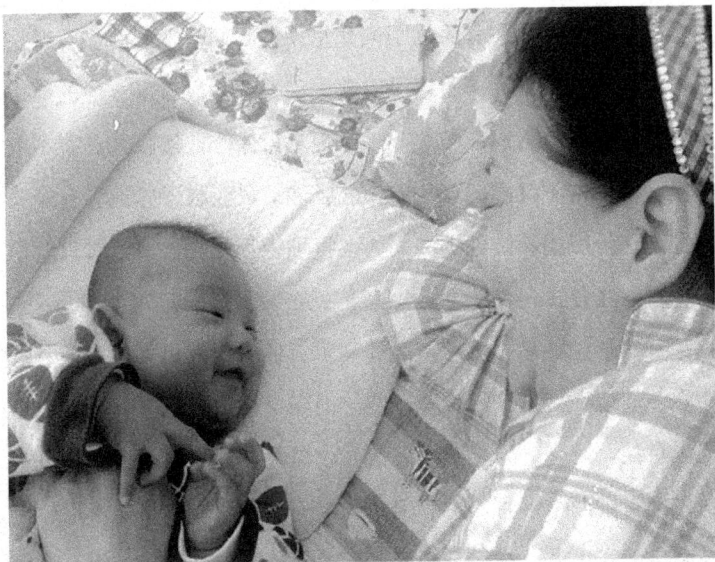

醒来就对奶奶笑

9月7日

梦中一场大水把我冲醒，看看表，该给恒儿喂奶了，于是拧亮台灯，温暖的亮光洒在恒儿圆圆的小脸上，他竟然嘴角上翘给了我一个微笑。我知道他还在浅睡，于是赶紧去冲奶粉。当拿着奶瓶回到他身边时，他还没醒过来，不忍打搅他的睡眠，我用早就准备好的小小棉被将奶瓶包好放在胸前暖着，躺在恒儿身边静等他醒来。看着他睡梦中的面庞，不禁想起他初从医院被抱回家的模样：那时恒儿在医院的ICU已经住了48天，抱回家打开褓褓，一个浑身黑黑的皮包骨头的小人儿呈现在我们全家面前，双臂、手指、腿都长长的，小脸还没巴掌大，看着心揪着疼。他的体重只有4斤，与早就回来的情儿一比更觉得像个袖珍孩儿。我不敢抱他，只怕抱不好而伤着他弱小的躯体，只能眼睁睁地看有经验的月嫂抱他喂奶、给他洗澡，他也特别依赖月嫂，哭闹时只要抱与月嫂，他会立刻在月嫂怀里破涕为笑。看着他与月嫂那么亲热，我都有些嫉妒。孩子的感情最纯真了，谁对他付出多，抱他、喂他多，他就会特别依赖谁。月嫂与他朝夕相处，自然就成了他的依赖对象。后来，为了照顾好情儿、恒儿，婆家的两个妹妹也来到我家帮忙两个多月。再后来，我因为患了感冒，高烧不退，只好回自己家休息。在无奈的情况下，儿媳请来了她的爸妈及小姨帮忙带情儿、恒儿，我感冒痊愈才重新回到孩子们身边。

　　经月嫂及亲人们的精心呵护，恒儿由4斤长到十几斤，由黑瘦的小人变成了白胖的大小子。他性情温和，不爱哭闹，只要吃饱睡好，就总是笑脸相迎每个抱他爱他的人。他很爱激动，看到鲜艳色彩的玩具或其他事物就会激动得手舞足蹈，有时激动得还喊一声。这与大宝情儿形成很大的性格差异，情儿生性沉稳，对啥都是一副慢悠悠不急不躁的神情，他们在一起正好互补。有一天，孩子妈妈开玩笑地对姐弟俩说："恒儿，长大找对象就找姐姐这样的，又漂亮又沉稳。"恒儿就舞动双臂，张着没牙的小嘴对妈妈笑，看着这温馨的画面我忍俊不禁。

此时，温暖暗红的灯光下，恒儿一张稚嫩的圆胖小脸是那样的恬静，逆光中我看到他长长的睫毛在微微颤动，小嘴在轻轻地吮吸，一阵幸福的热浪从心头涌起，我情不自禁地在这婴孩脸上献上了一个轻轻的吻——世间还有比面对一张稚嫩纯洁、光华四射、安详恬静的婴孩面庞而更令人动情的事吗？

9月10日

我家恒儿是个阳光多情的小儿郎，每天不管啥时醒来总是一脸灿烂的笑容，那笑至纯至真、天真无邪，发自内心，令我心花怒放，总想拥他入怀，给予他百般的呵护与疼爱。

恒儿长了一双多情的眼睛，他总是用眼神传递各种信息，比如希望喂他吃奶，希望拿给他爷爷、妈妈买回的氢气球等玩具。他自己玩大眼猫氢气球玩得手舞足蹈笑声连连，把欢乐的气氛传递给了每个爱他的亲人。每当喂他吃奶时，他自始至终用他的眼睛深情地行注目礼，让我们生出无限的爱意。有一次月嫂喂他吃奶，他也是用那种眼神注视着抱着他的月嫂，月嫂与他对视后不禁笑着说："你再这样看我，我都不好意思了。"你说这眼神多温柔，多有"穿透力"。这样的眼神没有被世俗污垢所浸染，是那么的纯洁，那么的多情，那么的令爱他的人感动。

为了增强孩子们的体质，每周二、周五都要带姐弟俩去游泳。大宝情儿是女孩，俊秀的面庞上笑容灿若桃花，在泳池里轻柔地舞动手脚，很难荡起涟漪，一副温柔的小女子模样，令人爱怜。二宝恒儿却不同，他神情严肃专注，一会儿往右、一会儿往左，手脚并用，泳池中浪花翻飞，不一会儿头上就有了汗珠。他不管亲人的呼唤，圆睁双眼，舞动手脚，一直游到服务员阿姨抱他出来还恋恋不舍地注视着泳池，好似没游够似的。

恒儿感情细腻，胆子很小，他若觉得受了委屈，从来不大声地哭号，而是嘴巴一鼓一鼓地小声抽噎，看着他的小模样就令人心疼不已，令人无法不爱他疼他……

此时恒儿就躺在我的身边酣睡，小脸圆圆的，鼻梁挺挺的，脸上还不时地显出笑意，不知这小人儿可有梦？

9 月 12 日

忙碌了一天，此时躺在恒儿身边开始敲字。

往日恒儿晚上睡觉很省事，只须每隔 3 小时给他喂一次奶。他比定时闹钟都要准时，每到快喂奶的时候，他就开始不停地辗转反侧，等他完全清醒过来，奶粉也就冲好了，于是给他换好纸尿裤后就开始喂奶。他困得眼都不睁，100 毫升的奶 10 分钟喝完，抱起他拍出嗝放到床上就又睡去了。今晚却与往日不同，吃过奶，头靠着我的肩头睡去，放到床上就醒，反复几次都是这样。我和儿子都以为他饿了，又泡奶喂他，他又在怀里睡去，但放到床上睡了几分钟竟然开始小声地哭泣。我赶紧把他拥入怀中，轻拍他的背直到他渐渐入睡。

我想，也许他是在想念妈妈的怀抱。他从医院回来时，他的同胞姐姐情儿已回到妈妈身边月余，妈妈夜里带惯了情儿，情儿也离不开妈妈，恒儿晚上则跟过月嫂、姑奶、姨奶、姥姥，现在跟奶奶睡。

近段时间妈妈白天照顾他多了，他尝到并享受了妈妈拥他入睡的甜蜜，所以晚上他有些不甘心含安抚奶嘴跟奶奶睡，因此哭闹不能深睡眠。朦胧的灯光中看着他小小的身躯，无限怜爱涌上心头，赶紧用胳膊环了他的小身躯，他竟然深深地叹了一口气。是呀，奶奶的怀抱再温暖也替代不了妈妈的爱抚，替代不了孩子骨子里那种对妈妈的依恋。人每个时期对幸福有不同的感受，对于情儿、恒儿来说，被妈妈抱在怀里含着奶头入眠应该是他们最幸福、最向往的事了，但愿感情细腻的恒儿在心理上不留任何阴影。

9月17日

两个宝宝长这么大，还不曾有意识地相互对望过，今天他们

29

俩在爸妈的帮助下，终于相互对望了。爱笑的恒儿还给小姐姐送上一个灿烂的甜甜的笑，小姐姐情儿热情地拉拉小弟弟的手。但愿这次的亲密接触能在他们的意识中留下点印象，使他们知道彼此的存在。

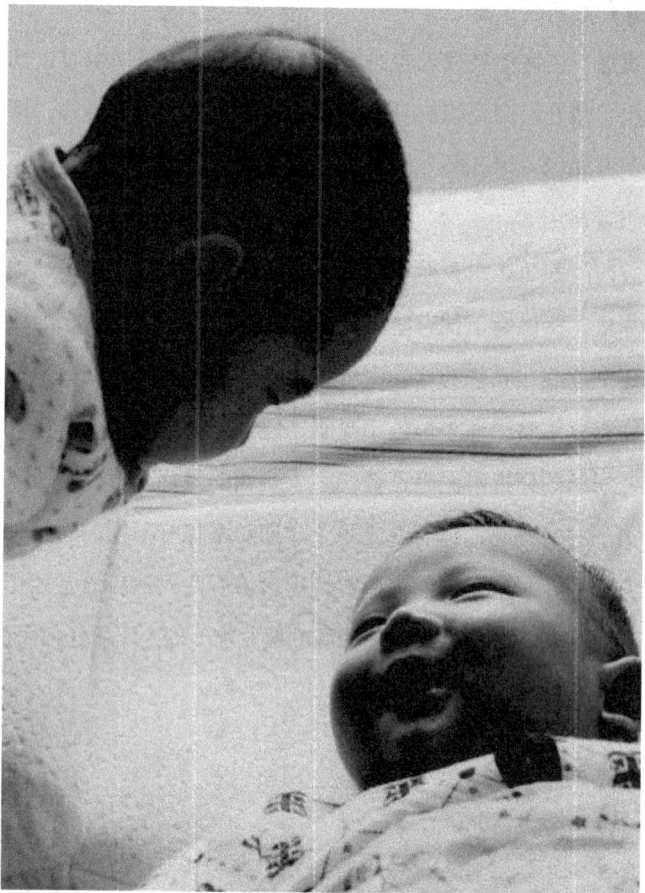

相互对望，感受彼此的存在

9月16日

恒儿趣事

有了两个宝贝后，从儿媳那里及书上、朋友发的微信上学了不少育儿知识，比如看孩子是否吃饱，就看孩子喂过后面部表情有没有满足感。我家恒儿吃过奶后只有稍纵即逝的满足，之后总要哭几声，是那种干打雷不下雨的哭，等我抱起他轻拍背后就能很快止哭入睡。

一次夜间喂奶，喂完100毫升，我从他嘴里抽出奶嘴说："恒儿，奶没有了……"还没等我说完，他忽然哭着接着说出一句："有哇……"我与夫君愕然，几个月的恒儿会说话，且接得那么快？看着他说完止哭渐渐入梦的安详神态，我俩你看看我、我看看你，哑然失笑，不明白他如何发出了"有哇"之音。有时恒儿吃奶间还发出"哎哟喂，哎哟喂"之声。后来上网查查，才知道这是他吮吸奶液出量不够的表现，需要调整奶瓶的角度。

9月18日

昨晚，给恒儿做了辅助操拉起后，他顺势坐在了换尿布的台上，深情地看着坐在台子下的我。我也望着他纯净的面庞，仿佛倏地回到了几十年前，奶奶给我唱儿歌的情景再现，我不自觉地唱起了奶奶给我唱过的儿歌："磕头虫，把眼挤，你疼我来我疼你。"

恒儿听后对着我张开没牙的嘴笑个不止。我又给他唱:"小老鼠上灯台,偷油吃下不来,吱哇吱哇叫奶奶。"恒儿就一直对我笑,我们祖孙俩就这样在各自的笑容与精神世界中对视,互相慰藉,直到儿子下班回来。

晚饭后,孩子们洗了澡,我抱着情儿,孩子姥姥用氢气球玩具小花猫逗情儿。情儿眼睛睁得大大的,对着漂亮的小花猫笑个不停,并在我怀里手舞足蹈地撒欢儿,我抱着肉乎乎粉嫩嫩的小姑娘,心醉……

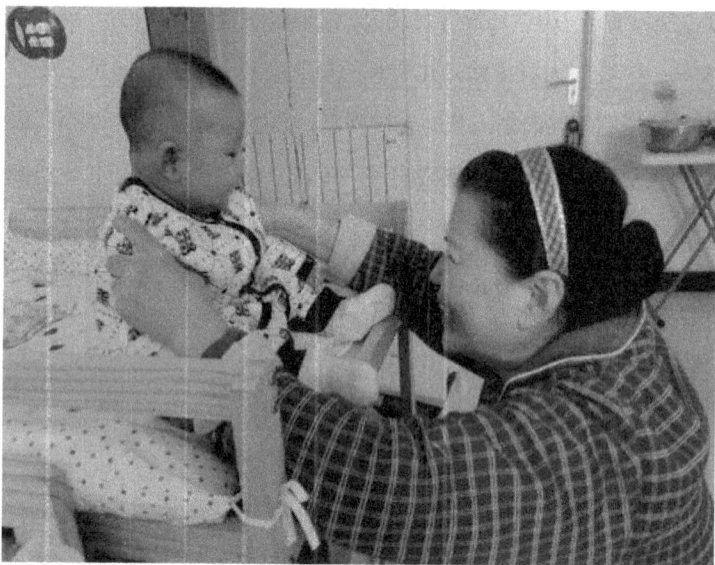

恒儿深情地看着坐在台子下的奶奶

姥姥与情儿

9月20日

两个宝贝今天要去医院检查眼底，孩子妈妈夜里带孩子很辛苦没睡好，今天在家补觉，去医院的任务就由我们老两口与儿子一起去完成。

儿子把奶粉、奶瓶、纸尿裤、婴儿专用纸面巾湿巾整理好装入"妈咪包"，我用奶瓶盛了凉开水，夫君刷洗了保温瓶，灌好热水，我们老两口就一人抱一个宝宝，儿子开车直奔三附院。

路上每隔10分钟给宝宝们点一次扩瞳的眼药水，共点了4次，也就到了医院。

车停，夫君抱着小宝恒儿前面走，儿子肩背"妈咪包"跟随其后，还不时地回身提醒我："妈，您小心。"我抱着大宝情儿小心翼翼地前行，只怕脚下不稳有闪失摔着孩子。

医院大厅里熙熙攘攘人声鼎沸，我觉得不像是进了医院，倒好似进了集市一般。

儿子分开人群挂号、排队，终于等到眼科大夫会诊之时，我们老两口早已累得汗流浃背，孩子们的小脸也热得红红的，大宝情儿开始哭闹，我忙安抚她。

经检查，两个宝贝眼底都没问题，我们心里的石头才算落地。

走出诊室到了大厅，找了一处较僻静的角落，赶紧给宝宝们泡奶喂奶，换纸尿裤。两个宝宝吃饱困劲上来，相继睡在了我们老两口怀里。

看天色还早，又挂号给两个宝宝检查了身体。大宝有点缺钙，小宝做了彩超检查一切正常。当大夫得知我们的两个宝宝早产两个月时，点头称赞说："你们能把出生3斤重的婴儿养成这样，可真下功夫了，不错。"听后看看两个胖乎乎的宝贝，竟然有种想流泪的感觉……

大夫给开了补钙的药，这次医院之行圆满结束，我们祖孙三代平安回家。

9月28日

看到这几个数字很激动，34年前的今日我经过一番折腾当了母亲，生下了我的宝贝儿子。34年过去了，儿子也已为人父，有了自己幸福的家和多彩的生活。

日子过得真快，真如《时间都去哪儿》中唱的，生出许多感慨：

> 半生存了好多话
> 藏进了满头白发
> 记忆中的小脚丫
> 肉嘟嘟的小嘴巴
> 一生把爱交给他
> 只为那一声爸妈

时间都去哪儿了

还没好好感受年轻就老了

生儿养女一辈子

满脑子都是孩子哭了笑了

时间都去哪儿了

还没好好看看你眼睛就花了

柴米油盐半辈子

转眼就只剩下满脸的皱纹了。

尽管如此，我仍为儿子的优秀，以及对工作、对父母、对妻、对儿都很有责任心和爱心而感到满意自豪。

是儿子成就了我们的父母梦，使我们的生活丰富多彩。感谢儿子、儿媳又为家添丁，成就了我们老两口升级当祖父母的梦——赐给我们龙凤胎孙辈，让我们尽享含饴弄孙之乐。在儿子生日之际，祝福儿子一家平平安安，幸福永远，并祝福我们的龙凤胎宝宝活泼聪慧，健康成长。

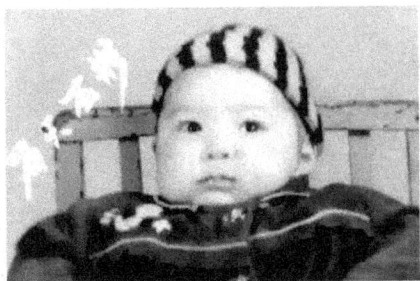

儿子百天

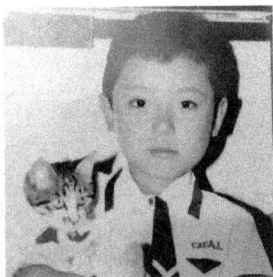

儿子上小学

儿子半岁与爸爸妈妈合影

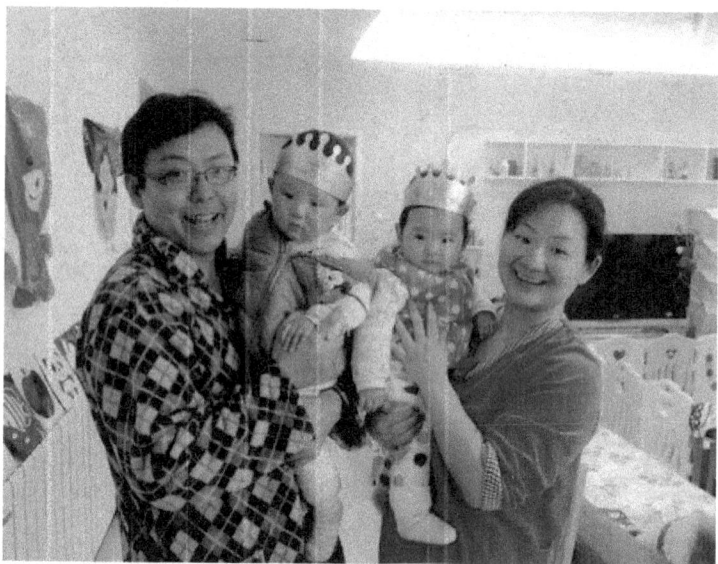

儿子一家四口

9月29日

清晨夫君陪我到中医院看大夫，7点半挂完号，离大夫上班还有一些时间。夫君去买菜，让我在医院附近转转，于是我信步走出医院，在人民路上漫游。

几天的雨造就了今天的好天气，秋高气爽，空气清新怡人。车流如梭，人流如潮，上班族是要赶时间的，我倏地感觉到自己退休后的悠闲，不禁想起了远在姥姥家的孙女孙子。往常这时，是宝宝们醒来的时刻了，他们把灿烂的笑脸呈现在我的面前，感染我，温暖我的心，令我一天好心情。然后给他们洗脸喂奶，做辅助操。清晨是一天中最愉快的时刻，看着他们手舞足蹈咿咿呀呀地跟我对话，心里比吃蜜都甜。可今日，因自己身体不适，孑身一人漫游街头，儿子儿媳为了让我看病休息，带着宝宝们去了孩子姥姥家。尽管此时思念宝宝们，但还是对来自儿子儿媳的体贴关爱充满感激。我得好好吃药使身体尽快好起来，才能再与宝宝们相逢，在奉献自己余热的同时享天伦之乐。

　　顺着人民路往二七纪念塔方向走，首先映入眼帘的是晨光中的市体育馆。这座建筑墙上挂满了各种广告，浓浓的商业气息扑面而来，我不禁想起当年一群舞友一起在此跳国标舞晨练的情景：那时市体育馆门前还有一个院子，院子上方有一座立交桥通到馆内，国标舞教练王老师曾领着我们几个舞友在桥上练习华尔兹的舞蹈套路及造型。后来我们移至馆内，滑进舞池（运动员打球进行各种比赛的场地），在打过蜡的木地板上，在音乐中漫步旋转，整个身心都沁进了音乐与舞蹈中而不能自已。这样的日子持续了十几年，我的身材、身体出奇的好，成了我们机关同龄女伴们的眼羡对象，这都得益于这座建筑物的对外开放，得益于我对舞蹈的热爱。后来因父亲有病需要我回去照顾，再后来由于自己也有了脚病，才远离了这里，远离了舞场。看着霞光中这座不算高大的建筑，耳边又响起了圆舞曲的旋律，一些熟悉的舞友的面庞也在脑海闪现。不跳舞联系就少了，后来就不再联系，那些携手共舞的朋友们，你们都在哪儿？都好吗？

再往前走，就是新华建国饭店，这高大的建筑曾是我儿子、儿媳举行结婚典礼的地方。当时，各方宾客齐聚一地，为儿子、儿媳祝福。儿子西服革履，英俊潇洒，儿媳身穿婚纱，漂亮非凡，一副小鸟依人的模样，令人喜爱。他俩往婚礼台上一站，真是天生一对、地造一双，我们全家及宾客都赞不绝口。婚后，他们相敬如宾很是恩爱，现在有了爱情的结晶龙凤胎，婚姻很幸福。

抬头看看慢慢升起的太阳，再看看这高大的建筑，那婚礼上祝福的钟声好似还在回响，声音是那样的悠远洪亮……

手机铃声响了，显示是夫君打来的，看看时间，已是8点10分，看大夫的时间到了，我疾步向医院走去……

10月3日

妈妈，姐姐抢我被子……

10 月 13 日

今天上午，抱着二宝恒儿在房间漫步，走至门口看到恒儿无意识地看夫君买菜用的包，就顺便告诉他说："看，这是爷爷买菜的包包。"又指着右面墙上说，"那是妈妈买的五彩的花生串挂饰。"说完就漫不经心地抱着恒儿往房间里走，当再走至这些物件旁时，就有意识地问恒儿，爷爷买菜的包包在哪里？他竟然抬头用眼神去找，竟然还真的把眼神定格在了包上。我有点不相信，他真的记住了我说的话，便再问他，妈妈买的五彩花生挂饰在哪里？他扭转头去寻找，结果也找到了。当时真的是又惊讶又惊喜。我又抱起情儿，同样，情儿也像恒儿一样记住了爷爷买菜的包包。我惊讶：这还不到半岁大的孩子竟然能记住我的话！惊喜孩子早产两个月，智商还真跟得上。看着两个可爱的宝宝，我想起了医院大夫的告诫：对早产的婴儿一定当成他啥都懂，要经常跟他们说话以刺激他们的神经及大脑发育。我们全家还真的这样做了，经常对着两个孩子唱儿歌、讲故事，这些措施还真见效。宝宝们一天天长大，天天都有变化都有惊喜发生，在时刻关注他们每一点变化的同时，更为他们成长中的每一点进步而欣喜。感谢儿子、儿媳给我们带来这样一对可爱的宝宝，让我们在感受生命宝贵的同时，更感受生命成长过程中的神奇与欣喜。

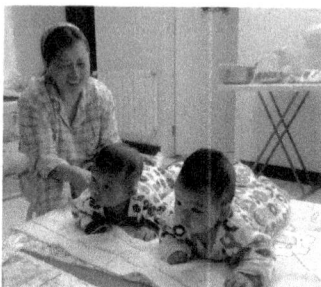

爷爷、奶奶喜看双宝练习抬头

10 月 17 日

10 月 17 日两个宝宝半岁了,看着他们稚嫩而甜润的笑脸,半年来的许多往事历历在目,令我感慨万千。孩子出生时,大宝情儿重 3 斤 2 两,小宝恒儿重 3 斤,因早产两个多月,身体瘦弱,分别在医院住了 22、48 天。

这期间,每周三都要去医院儿科的 ICU 病室听主治大夫讲孩子的情况分析,听得心里沉甸甸的。看着医护人员用手机拍出的孩子们在保温箱里插着各种管子的照片,心揪着疼。在那些见不着孩子的日子里,在那些梦醒的清晨及不眠的夜晚总是偷偷流泪。孩子相继出院后,在月嫂的帮助与家人、亲戚的合力照顾下,孩子一天天长大,体重也不断地增加,由出院的 4 斤长到现在的 14、16 斤,其中包含了家人的多少爱怜和付出。

特别是孩子妈妈,半年来没睡过一个囫囵觉,每晚奔忙于各个房间，奶睡了大宝再去奶睡小宝，自己眼睛困得睁不开，可一听到孩子哭，不管身体多么不适立马起床去喂孩子。特别是孩子因肺炎住院的十几天里，孩子妈妈更是辛苦，为了让孩子吃上新鲜母乳，每天都要自己吸奶，吸得手臂都肿了起来，但依然坚持吸出奶汁用冰块冰着装好送往医院给两个宝宝吃。

孩子病愈出院后，全家更是精心护理照顾，每天给孩子洗澡，做辅助操，定时喂奶，按时去医院做各种检查。孩子们一天天强壮起来，小脸圆润起来。二宝恒儿，因在医院住的时间久，胆子特别小，自己放个屁都吓得哭一场。从医院回来喂养数月，他总是紧皱眉头，不见笑容，最近几个月简直就像换了一个人，长得壮乎乎的，每天只要吃饱睡好，醒来总是一脸灿烂的笑容，很是阳光，这很令我们欣慰。大宝情儿清秀美丽，丹凤眼，黑眼珠亮亮的，小嘴唇红红的，笑起来很是迷人，一副小鸟依人的俏模样，令人爱怜。

感谢儿子、儿媳，给我们带来这一对好宝宝，让我们见证了生命的顽强及生命成长过程的不易及奇妙，体验了亲情的温暖及宝贵。在孩子半岁之时写下这些话，是为了缅怀走过的岁月，更是为了祝愿我们的两个宝贝在今后的日子里健康活泼地成长。

妈妈做的发型，我酷不酷？

妈妈与恒儿

10 月 19 日

啥事情做久了都会生厌，只有看婴孩纯真的笑脸百看不厌，听婴孩银铃般的笑声百听不烦。

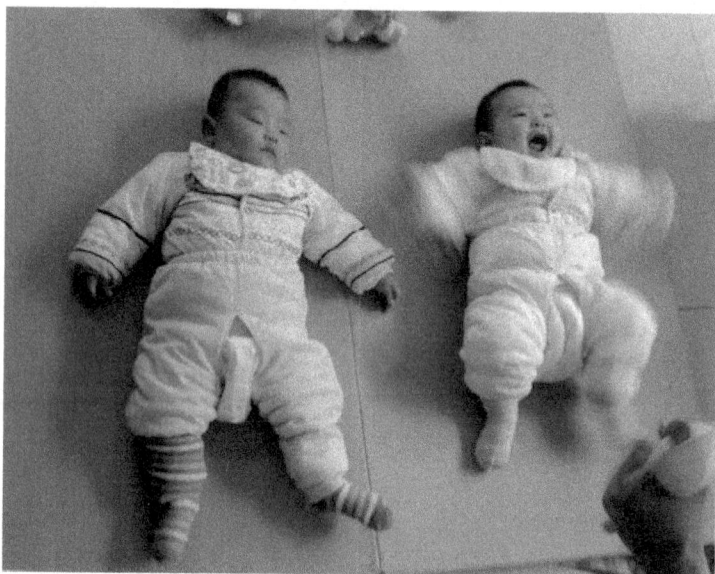

姐弟俩

奶奶与情儿

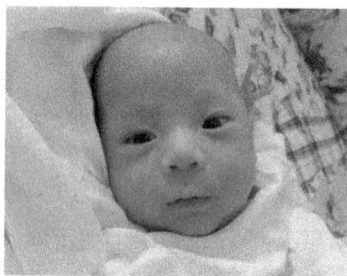

二宝恒儿

10月22日

今晚回到了自己家还真是不习惯了，听不到孩子们咿咿呀呀的童声，看不到他们的笑靥，心里空落落的。我的宝贝们，你们睡了吗？

10月29日

奶奶一会儿给恒儿唱儿歌，一会儿帮他练翻身，一会儿抱他认房间里的东西，一会儿带他到窗前看楼下的绿树小路，累得满头是汗。这会儿他玩得累了，眼皮直打架，奶奶赶紧抱他到床上，躺下后左臂环着他，右手握着他胖嘟嘟的小手，他卟叽卟叽地吮吸安抚奶嘴，不到一分钟便静静进入梦乡。奶奶开始外撤，可他

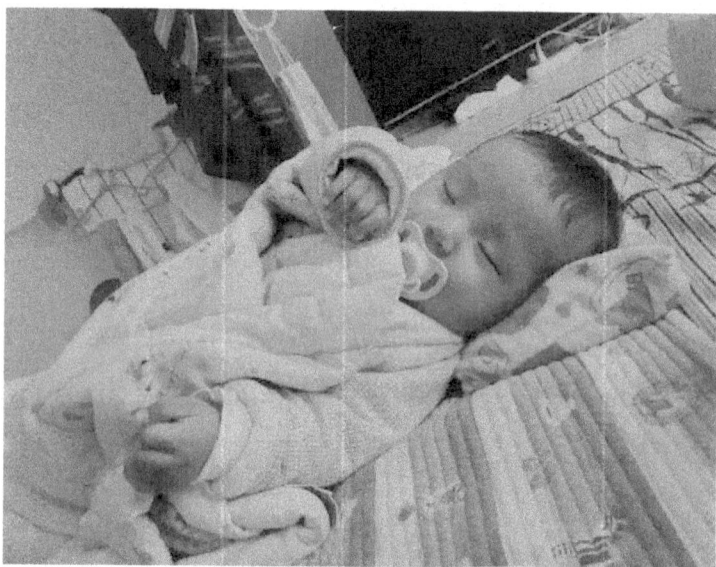

恒儿像只熊猫一般可爱

还保持着奶奶哄他睡觉的姿势，此时他像只熊猫一般可爱。

11 月 3 日

今天儿媳产假结束去上班，两个宝宝就交给我们四个老人带。因平时我们已经参与带宝宝，所以对于大人来说，倒没啥问题，对常吃奶粉由奶奶带着睡觉的二宝也没啥问题，最受影响的是大宝情儿。因平时妈妈带得多，她睡觉时大多是妈妈奶睡，现在妈妈离开去上班，她有些落寞不适应。上午还不错，姥姥把她大小便后，玩了会儿，姥爷就把她抱睡了，一直睡到11点多妈妈回来给她剪指甲才醒来。

中间妈妈还专门打电话问孩子在家情况，姥爷接电话告知一切正常。中午妈妈带着情儿午休，她一直吃奶不睡，妈妈2点去上班后，她一直由姥爷、姥姥交替抱着玩，到5点才开始小声哭闹。想睡又没有妈妈奶睡，姥爷抱着哭闹，爷爷抱过来把她放到小床上，放好安抚奶嘴，依然哭闹不肯睡。我抱起她放到床上，并睡到她的身边，用右臂环着她并轻拍她的背，她很紧张地用双手拉着我的食指及小手指，闭着眼小声哭泣，然后慢慢睡去。

恒儿则一切如昨。妈妈产后第一天上班的日子就这样过去了，没有大的波折。孩子们表现都还算不错，令人甚感欣慰。

今天中午做了卤面，是我们三个做的；孩子爷爷先把肉炖好，姥爷又把面蒸好，我最后做菜，然后合成。全家都说好吃，味道不错。孩子姥爷又做了鸡汤。晚饭玉米糁粥，炒豆腐，炸虾、莲菜馅，今天的幸福生活结束。

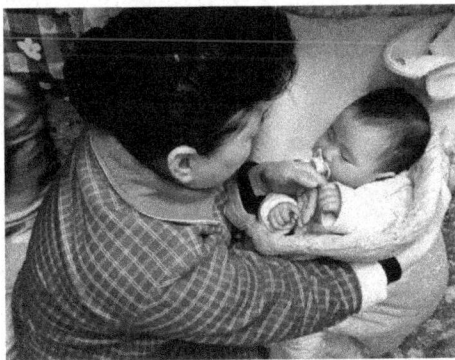

情儿用双手紧拉着奶奶的食指及小手指，闭着眼小声哭泣

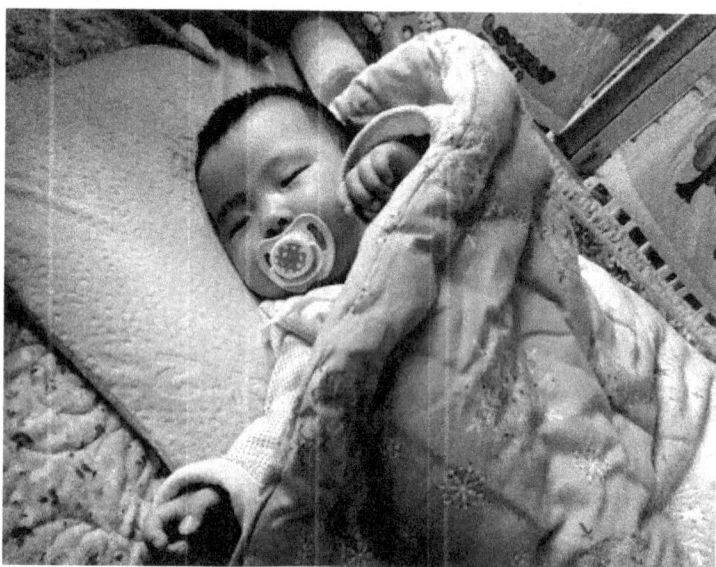

情儿慢慢睡着了

11 月 9 日

恒儿睡觉除吮吸奶嘴，还与一个布偶大象一起。

恒儿与奶奶及大象一起午休

11月10日

今天，孩子的姥爷姥姥有事回老家，带孩子的任务就由我们老两口来承担。宝贝们都很乖，日子有条不紊地在进行，没有想象的那么忙乱。

上午，我们老两口一人抱一个，教宝宝们辨认房间里的物品，抱累了就放到爸爸妈妈专门为宝宝买的睡垫上练习翻身，给他们做辅助操。孩子们不哭不闹，躺在睡垫上，除自己玩各自喜欢的玩具，还对着脸咿咿呀呀地说话。看着他们很惬意的样子，我们俩心里也乐开了花。

喂奶的时间到了，他们吃饱后很快进入梦乡，于是夫君开始淘米，我摘菜洗菜，开始做饭。午饭做好，儿子、儿媳下班回来了，儿子还在单位买了两个熟菜，午餐很丰盛。

饭后，二宝恒儿与爷爷奶奶一起午休，大宝情儿跟爸妈午休。上班时间到了，儿子儿媳相继离去。情、恒醒来，喂水后放到睡垫上，两人手舞足蹈玩得很是开心。玩累了抱起给他们唱儿歌，逗得两个宝贝笑出了声，直玩到下午5点多情儿才又慢慢睡在了我的肩头上。

夫君抱着二宝恒儿继续玩耍，我开始做晚饭。儿媳下班回来哄睡恒儿，我们一家四口大人共进晚餐，等两个宝贝醒来，这一天就这样顺利地过去了。

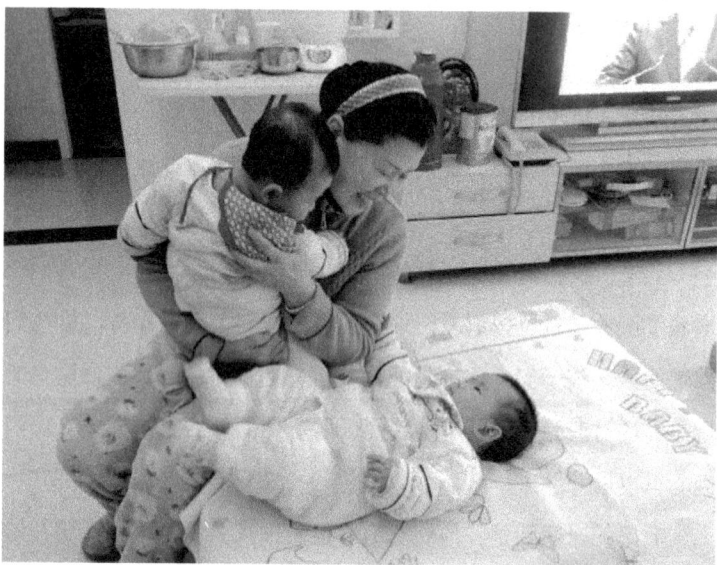

奶奶与双宝相互陪伴，很幸福

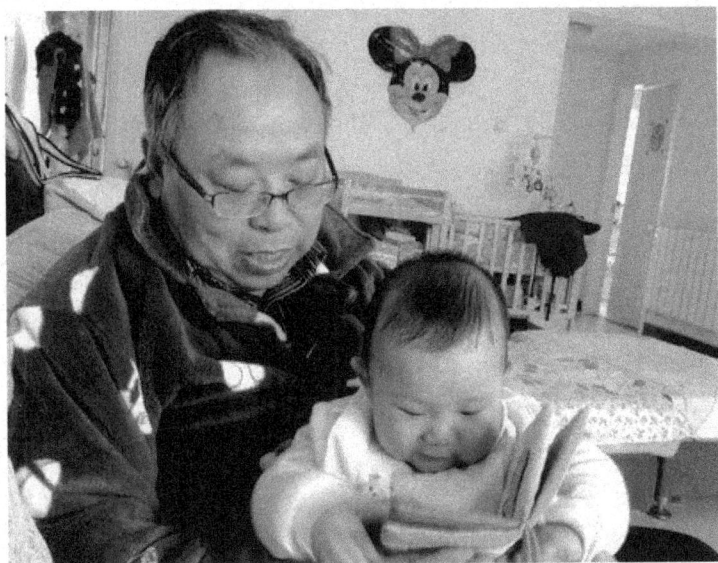

爷爷在给恒儿讲布书

11月16日

两个宝贝相继拉肚子、发高烧，看着他们难受得像只小绵羊的样子，心里比我自己生病都难过。

开始是大宝情儿拉肚子，发烧到38度。为了不使孩子交叉感染，爷爷只拿情儿的便便到医院化验让大夫看了，开了药。儿子夫妻俩又根据崔玉涛大夫写的书上照顾病孩子的方法，给孩子物理降温，用温水擦情儿额头、腋窝、前胸、后背散热。经过三天的折腾治疗，情儿终于又见笑脸，我长出一口气。

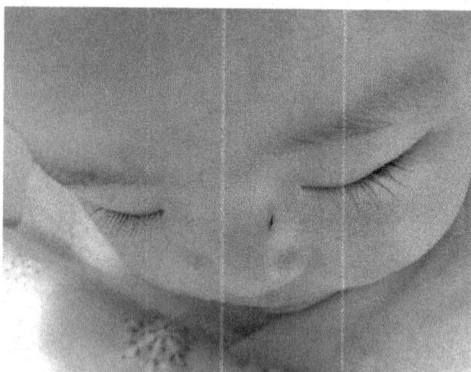

病中的姐弟

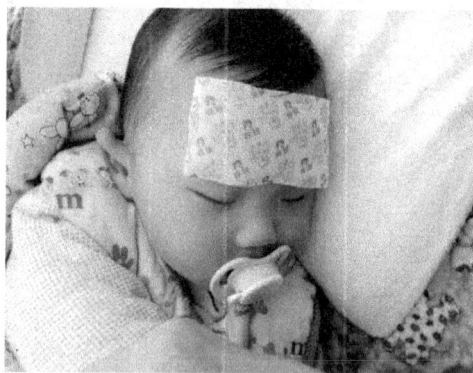

情儿生病时我们俩就商量，要不要带着恒儿离开，单独养育以免传给恒儿。后来想想，亲家公有事回老家了，儿子、儿媳上班，亲家母一个人带生病的情儿会很难，所以也就没坚持让宝宝们分开。谁知大宝病好了，小宝恒儿真的被感染上了，先是拉肚子，后来发烧。恒儿平时很乖，昨天夜里发烧到38度，开始哭闹不睡。儿媳带大宝，我与儿子一起带小宝，给他吃了退烧药，又不时地物理降温擦拭身体。今天又去推拿按摩，情儿温度已开始下降，这会儿在安睡，但愿二宝也尽快好起来。

11 月 17 日

恒儿退烧，安睡一夜至此不醒，好兆头。战胜病魔，又长大许多。

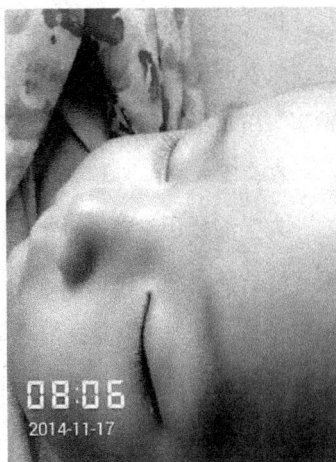

安睡中的姐弟俩

11 月 22 日

这段时间，宝宝们的口水明显增多，且性情急躁，爱吃手。

因牙龈发痒，平时逮着啥吃啥，更好笑的是，有时他们俩会突然抱着大人的脸吮吸啃咬，因此传染上了轮状病毒。先是大宝发烧拉肚子，后又传染给二宝。

孩子得病后，儿子儿媳上网查找资料买了书，了解了这种病的病因及护理的方法，我们积极配合，每天都仔细认真地洗脸洗手，切断传染途径及病源，不乱用抗生素。

孩子发烧时，用温水擦拭孩子的身体、腋窝等以散热，物理降温，及时给孩子喝盐水补充水分防止脱水，在奶液里加了"乳糖酶"给宝宝增加肠子的抗菌能力。

在全家人的呵护下，两个宝宝相继好了起来，不再发烧拉肚子。

大宝的牙还没露头，小宝的两颗小乳牙已从下牙床上冒了出来。以后还得注意生活卫生，尽量避免感染，给宝宝营造一个健康成长的生活环境，是我们家每个家庭成员的责任。

另外，这场病也使我们懂得如何应对宝宝们的生病。首先不能慌张，要积极地面对，学习一些医学知识，不盲目地带孩子去医院输液打针，用科学的方法喂养护理，才能使孩子少受罪，尽快痊愈。

用科学的方法喂养护理，才能使孩子少受罪

12 月 5 日

　　昨晚 9 点 28 分，恒儿突然在睡梦中小声哭泣，是那种受委屈后的哭泣。抱起他百般呵护给予安抚，才止哭慢慢平静下来，轻抚他的脸，竟然有冰凉的泪。我揪心地疼，这小人儿有啥委屈竟然哭醒，难道他也有忧伤的梦？

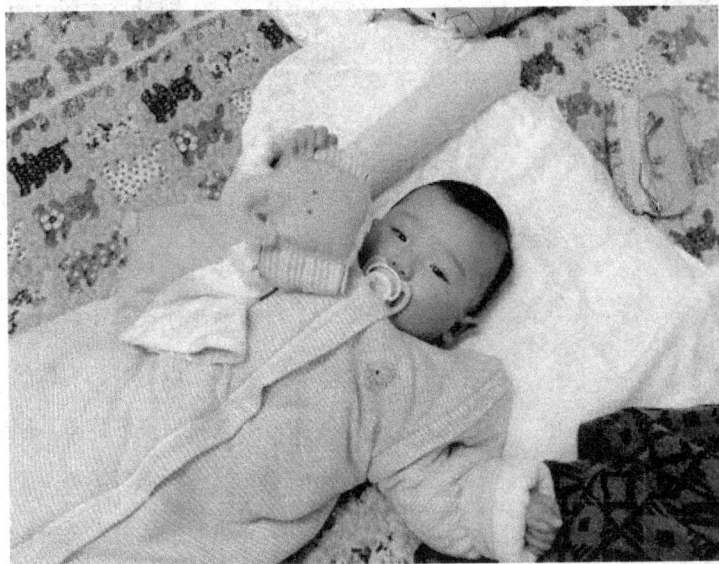

奶奶抱起恒儿，百般呵护给予安抚，才止哭慢慢平静下来

12 月 9 日

弟弟起床，别睡懒觉！

12 月 16 日

窗外蓝天白云阳光明媚，室内孩童咿呀，奶奶含饴弄孙。

奶奶怀抱胖孙子，坐在阳光下，看小孙子自己双手抱奶瓶喝奶，心中那份甜美无以言表，温馨的气氛在室内弥漫，愿这份情愫感染每一个热爱生活的人……

12月23日

　　情儿依然在午睡，一缕阳光洒到情儿脸上，粉嘟嘟的情儿更加稚嫩，那长长的睫毛像帘子盖着她漂亮的眼睛，小嘴不时地轻轻吮吸几下，头发被汗水沁染得湿湿地贴在头上。此时的情儿宛如小天使一般美丽。室内静悄悄的，我就这样守护在情儿的身边，客厅里传来恒儿与爷爷的嬉笑声。我觉得自己犹如在梦里，一切都这么温馨祥和，这就是天伦之乐呀……

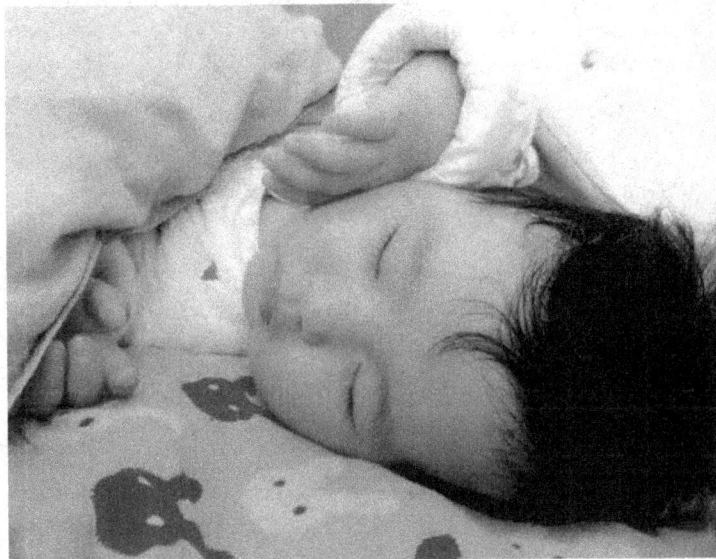

阳光洒到情儿脸上，粉嘟嘟的情儿更加稚嫩、漂亮

12 月 30 日

我们祖孙俩从中午就这样醒一阵子，咳嗽一阵子，睡一阵子地到现在，时光无声地溜走了……

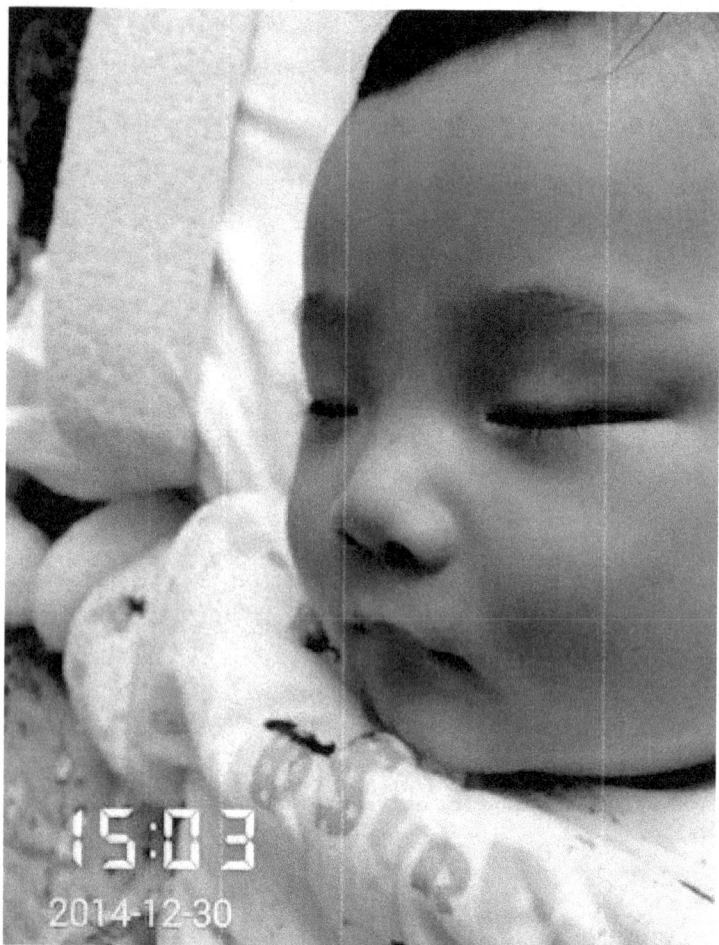

熟睡中的二宝

2015

1月1日

2014年平安闯过，以平静之心悄然进入2015年。

今晨做的第一件事就是给醒来的二宝恒儿喂奶，写下的第一行字就是，3：35奶粉80mL。愿我的两个宝贝在新的一年平平安安、健康成长，愿我的家人亦平平安安地度日。

爷爷和孙子、孙女

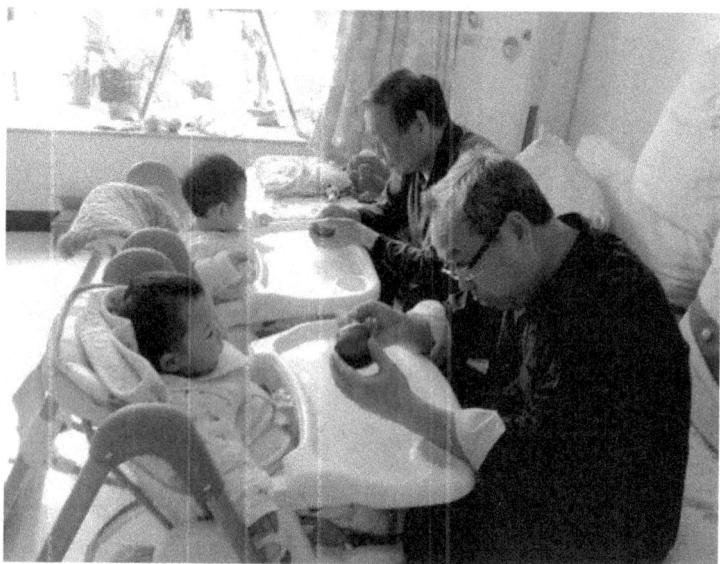

爷爷、姥爷给情儿、恒儿喂水果

1月12日

　　幸福都写在脸上了。

1月18日

人生第一次抓阄定输赢。就是这么客观公正！

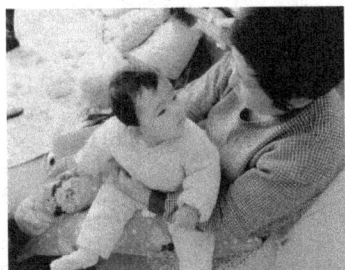

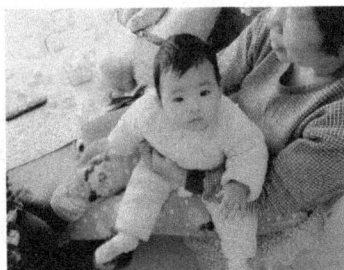

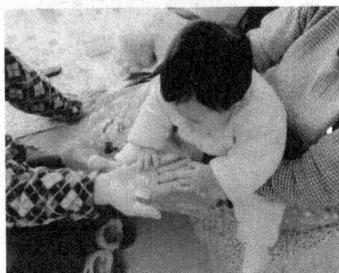

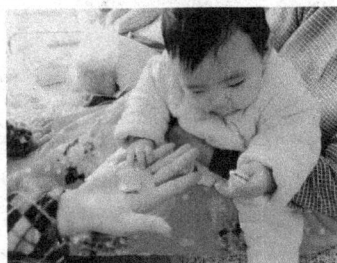

1月23日

宝宝们一天一个样，看到他们心里就乐滋滋的。

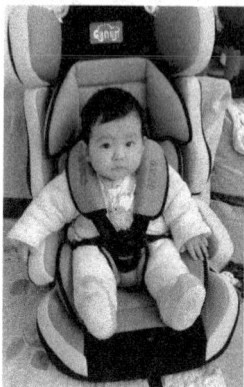

1月30日

汽车安全座椅好舒服，以后出行不用抓阄了。

2月2日

写下这个日子的时候，时光竟然悄无声息地走入 2015 年一个多月了，这段时间放任了自己，好久没记孩子们的成长故事了，想来惭愧。

随着岁月的更迭，孩子们长大了许多，到这个月的 17 号，他们已经来到世上十个月了。

在时光的流逝中，他们不仅个子长高了，且各自的性格脾气也越来越有明显的不同。情儿越来越沉稳，有小女子的细腻；恒儿则越来越活泼爱激动。同样的玩具，在情儿手里能把玩许久，她会认真地用小手指把玩具上的小人头拨得急速旋转，看见啥都好奇地用小手去触摸，然后研究半天。而恒儿则不同，一个玩具很快就玩腻了，扔掉再拿别的，且有了自己的小脾气，若相中了一件东西，比如儿童画书，一定坚持拿到手方才罢休。

情儿会坐，且坐得很稳，喜欢坐在姥姥身边静静地听姥姥唱歌；恒儿则不喜欢坐，若有意识地让他坐，他就会打挺顺势倒下。他喜欢扶着奶奶的双臂，坐在奶奶腿上听奶奶给他背诵儿歌，随着儿歌的韵律，他身子会左右摇摆，面部表情急剧变化。他多变的表情滑稽可笑，会令我忍俊不禁、开怀大笑，恒儿也就会仰着头跟着大笑。

他们自学会翻身后，就喜欢在儿童爬行垫上左右翻身。刚开始，翻过去不知把压在身子底下的胳膊拉出来，经过一段时间的锻炼，自己就会了，且抬高头看周围的环境。看累了，情儿还会顺势侧卧在垫子上休息一会儿后起来重新玩耍。恒儿就不会，累了就会躺倒，玩会儿再翻过来玩。情儿喜欢在垫子上以小肚子做轴心四肢抬起，嘴里还会轻轻地咿咿呀呀玩小燕飞的游戏，一副可爱的俏模样，看得奶奶姥姥笑得合不拢嘴。繁多的日子就在这笑声中一天天地不知不觉地溜走了。

他们不但从生理上有所变化，且从心理上也不断地成长变化。前几个月，他们不怕生人，谁抱都给予笑脸，现在不行了，见陌生面孔来家里，首先是严肃地看，看着看着眉头一皱，小嘴就一鼓一鼓地低头哭泣。若来人仍坚持抱，他们就会放声大哭，弄得想抱他们的人很是尴尬——他们开始认人了。看见熟悉的亲人则不然，特别是见从外面回来的亲人，会张开双臂让抱，还会对着你咿咿呀呀地说话。特别是情儿，看到妈妈回来，若不抱，她会大哭，那种对母亲的倾情依恋令人动容。

前几天，我因去医院看病离开家半天，回到家中换好衣服洗手洗脸后抱起恒儿，他激动得手舞足蹈，在我怀里撒欢，还抱着我的头把自己的脸贴在我的脸上磨蹭，然后抬起头对着我，嘴里咿咿呀呀的，好似在对我诉说他的思念，还用他一双胖乎乎的小手轻轻地抚摸我的脸。那种被依赖、被信任的感觉令我感动不已，眼里竟然蓄满了泪，我把他那小小的身躯紧紧地抱在怀里，轻轻地献上一个吻……

昨天下午，带姐弟去了曼哈顿购物广场商业街，这是姐弟俩有生以来第一次见这么多琳琅满目的商品。他们眼睛不够用了，特别是情儿，一直情绪亢奋，大睁着眼，东瞅瞅西看看的，显示了女人生来爱逛街的天性。恒儿则不然，新鲜劲儿一过立马闭眼睡去进入梦乡。儿媳妇见状说："以后四口逛街，一定是女儿妈妈逛商场，爸爸儿子在饭店里等了。"儿子说："那是一定的，我与儿子是吃货呀。"看着他们幸福快乐地调侃，我在心里默默祈愿：愿我们一家幸福平安至永远……

许久不记，今天竟然收不住笔，记下这许多生活点滴，还觉得意犹未尽，以后还应坚持写下去，不能再放纵自己懒下去了……

最幸福的时刻

姥姥与恒儿

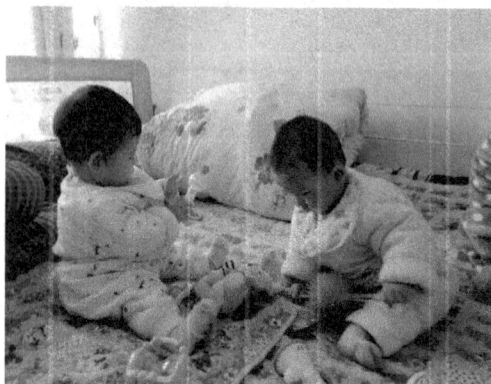

2月4日

情儿、恒儿、会坐着一起玩玩具了。

68

2月15日

还有十几分钟就步入腊月二十八了，年的脚步渐渐逼近，家里人在张罗过年的年货，可我依然还深陷在自己的思想境界里，感觉不到年的味道——过去的一些习俗几乎都免了，日子与平时没有两样，回不去的故乡在梦里闪现，没有父母在远方的守望，不用去挤火车。除两个宝宝依然纯净的笑脸以外，再就是一个"点"在腰间折腾，那个"点"看不到，摸不着，但时刻在提醒我它的存在，令我头上冒汗。它藏得很深，按摩师用胳膊肘重压都压不到它，它就这么在夜里不住地颤抖，并把自己掀起的波向四周扩散，令腰部疼痛不堪。它是那样的活跃，在这静夜里，好似能听到它跳跃的节奏，心也就收紧起来。睁开紧闭的双目，蒙眬中看到二宝恒儿清纯的面庞，听他均匀的呼吸，想他白日里种种的笑容，以减轻对那个"点"疼痛的感受。

长夜这么难熬，多渴望能站起来的明天渐近，但愿那个"点"能消失，不再给我以疼痛的体验……

2月17日

两个暖男的笑容像太阳。

2月19日

羊年初一，一家欢欢喜喜过大年。今年家里添了两个宝宝，特别喜庆开心。感谢儿媳冒着生命危险生下两个宝宝，让我们尽享天伦之乐。祝愿儿媳身体健康，越来越年轻漂亮，祝愿宝宝平平安安健康成长。谢谢婆家妹妹、孩子的姑奶奶舍家来一起照顾孩子过新年。

宝贝情儿笑得多开心

恒儿胖胖的，好可爱

2015 年春节全家福

幸福全在笑容里了

两个宝宝与姑奶奶

奶奶给两个宝宝发红包

幸福的奶奶

4月10日

我们为什么要生孩子？这是最美的答案！

昨天从《读者文摘》微信第一文摘杂志上看到一段话，虽然没有几行，但字字珠玑，瞬间让我的心底升腾起暖意：问下自己，你要孩子是为了什么？传宗接代？养儿防老？看到书里一个很感动的答案说："为了参与一个生命的成长，不用替我争门面，不用为我传宗接代，更不用帮我养老。我只要这个生命存在，在这个美丽的世界走一遭，让我有机会和她（他）同行一段……"多么令人动容而美丽的回答呀！

是的，参与一个生命的成长。从一粒种子在我的身体里发芽，慢慢长大，感受到他那有力的小胳膊小腿这捣你一下，那踢你一脚，直到有一天，他拼命地钻出来，来到这个世界上。一个生命在成长，是的，他自有成长的力量。还记得每晚换尿布、喂奶，照顾生病的宝宝的辛苦吗？不，我能记住的就是他向我绽开的第一个微笑，他喊出的第一声"妈妈"，他长出的第一颗小牙，他迈出的第一步……他上幼儿园了，他上小学了，他成为一名初中生了……我，有幸参与了他的每一段成长历程。有欢笑，也有泪水。上辈子我们有怎样的修行才换来今生的母子之情呀。

孩子是上天派来帮助我们完成父母这个角色、这个任务的。她（他）让我们更深层次地看清自己，看清自己到底要的是什么，爱的又是什么。如果我们一直向外寻求自己的力量，就会把孩子看作我们的"成绩"，我们的"面子"，我们只允许他健康、聪明、成绩好，好像唯有这样，我们脸上才有光彩，我们才觉得活得有价值。可是，孩子是我们所能"控制"的吗？我们只爱他的优点，而不能容忍他的缺点吗？孩子从来都是一个完整的个体，他的当下应该就是他最好的状态。可是，我们也只能陪他走一段，当他有了自己的家，有了自己的孩子，我们就不再是他们的家庭成员，他们的一家几口已经不包括我们在内。可是，无论孩子身在何方，都永远是我们家庭中无可取代的一员。是不是很伤感？我们能陪的，只有这二十多年，为什么不尽全力，不拿出全部的爱来陪伴呢？孩子升入初、高中，住校，一周才能回来一次。每天下午盼望门铃叮咚响起的声音，也就只有那么几年；之后，每天的盼望就会变成每周的期待。珍惜，珍惜吧，每天和孩子相处的每分每秒，也许他会跟你顶嘴，也许他会淘气，也许他会不听你的话……但，在一起总是好的、幸福的。

　　我们要孩子是为了什么？我们要感恩老天，是他（她），而不是其他任何人成了我们的儿女。这是我们的缘分，让我们有机会把爱的种子撒播在他（她）的心灵，让我们有机会见证一个生命的成长，让我有幸成为他（她）最亲最爱的那一个人。还求什么？当我们不满孩子的现状时，记住：所有发生的，都是必定要发生的，它帮助我们看清自己，内观自己。解决所有的问题，唯一的可行道路是修行和改变自己。当我们有了内在的智慧与力量，空间增大了，孩子自然而然就会受到我们的影响，走向更适合他们的人生道路。

　　无论孩子带给我多少困难、烦恼，甚至挫败，无论让我失去多少睡眠、时间、金钱、精力，我仍然豁达，因为，这都是上天的恩赐。孩子在身边的每一天，我都会努力让自己拥有一个好的心情，体会在一起的幸福。

　　孩子，抱抱！

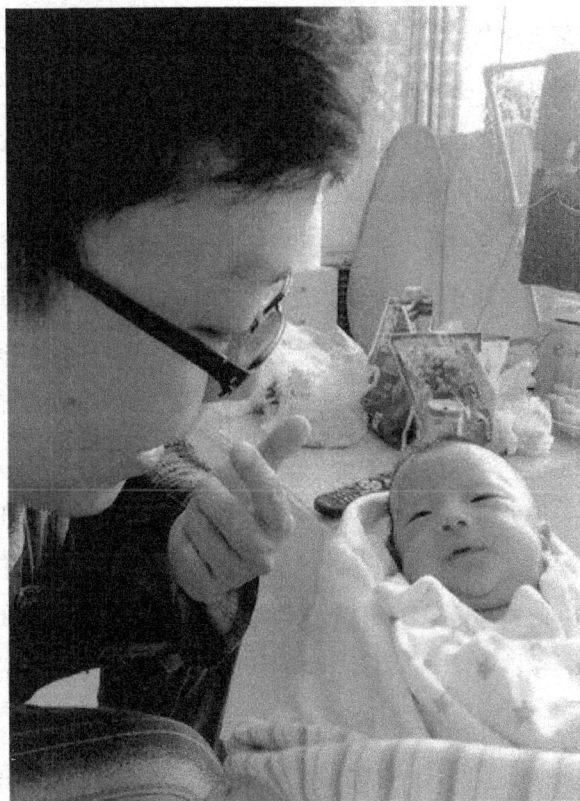

儿子与他的儿子恒儿

4 月 16 日

情儿、恒儿一岁生日

二宝恒儿被风吹着了，昨夜发烧到39度，给他吃了药，烧退了，但依然流清水鼻涕，没有精神，有时还小声地哭闹。看着二宝无精打采的样子，心里很是内疚：前天风大，若不抱他们下楼玩耍，二宝就不会生病，孩子就不会受罪，怎奈世间没有卖后悔药的，病已在孩子身上，也只有精心护理，让他尽快好起来。今夜还好，二宝没有再烧，我深感欣慰。

此时已是零点，给二宝恒儿喂了奶，换了纸尿裤，他安然入睡在我的身旁。夜是这么的静，恒儿的呼吸是那么的均匀。我动情地握起他胖乎乎的小手，感受到了他如丝绸般肌肤的温润，心海顿时荡起阵阵涟漪。看着手机上的时间，时光竟然悄无声息地进入了 2015 年 4 月 17 日，两个宝贝出生的那个春日悄然来临。

孩子们与我们相伴整整一年了，一年来，两个宝贝带给我及全家无尽的愉悦与欢乐，让我们感受、见证了生命成长的奇迹。

难忘孩子们在 ICU 时的焦虑与担心，难忘育孙的每一个日日夜夜，更难忘首次发现情儿、恒儿长出几颗小乳牙时的欣喜，及看到情儿、恒儿首次会翻身的激动，难忘与夫君一起同儿子儿媳给孩子们做被单操时，恒儿、情儿惬意的笑容，难忘晚饭后一家人聚在一起逗两个宝宝时的欢声笑语。

随着时间的流逝，孩子们一天天长大，情儿、恒儿能有意识地与大人交流了，这令我很是欣喜。

情儿高兴了总是手舞足蹈地撒欢，恒儿对啥都好奇，看到新奇的事物总是小嘴收成一个圆，发出嗷嗷的惊呼，引得我们大笑不止。

孩子们的感情越来越细腻真挚。情儿总喜欢缠着妈妈，爷爷奶奶、姥爷姥姥带着她玩，她不哭不闹很是乖巧，但听到妈妈的声音，看到妈妈的身影，立马扑在妈妈怀里撒娇，有时还哭得梨花带雨满脸泪痕，真是应了"孩子见到娘，无事哭三场"的俗语。情儿很喜欢爷爷，看见爷爷就张开双臂让抱，不抱她就哭，为此我们都戏谑地称爷爷是香饽饽爷爷。这段时间恒儿也开始缠着爷爷让抱，孙子孙女的喜爱，是对爷爷辛苦付出的最好回报，爷爷笑得合不上嘴，天天一大早就去采买一家人的生活用品及蔬菜。

恒儿不爱哭闹，情商很高，感情很细腻。晚上我带他睡觉，他总是依偎着我，并用双手抚摸我的脸颊，还会不时地亲亲奶奶。有时我咳嗽几声，他就会用关切的目光注视我，还会用小手拉拉我，那种对奶奶深情的依恋信任及关心令我动容。恒儿很爱笑，笑容很迷人，简直有点摄人心魄，他是个地地道道的小暖男。

孩子们一岁了，但因为早产两个月，目前还应算十个月的月龄，还不怎么会爬。儿子儿媳买了儿童爬行垫，安装了漂亮的护栏，家里有了小小游乐场。两个宝贝在里面玩各种精细的小玩具，练爬行，玩得开心惬意。我坚信总有一天我的宝贝们会爬得很好，会站起来行走。

日月在交替，孩子们的胃口也在增大，只吃奶不能满足生长发育的需要了。爸爸妈妈给孩子买了进口米粉，买了辅食机，每天做各种辅食给宝贝们吃。最常做的就是山药、蛋黄、胡萝卜、青菜、鱼泥，宝贝们吃得津津有味，个子长高了，长得还算健壮。

　　情儿、恒儿还特别喜欢听儿歌，只要一放儿歌，他俩就会聚精会神地坐着一动不动地听，他们最喜欢听《数鸭歌》，看到动画中那么多黄身子红嘴巴的小鸭子游过大桥，他们就会手舞足蹈地开心大笑。平时我们还教他们学习生活中的一些常识动作，他们学会了爸爸妈妈上班走时摆手再见，拍手表示对别人的称赞及欢迎。

　　一年来，宝宝们在全家人精心的呵护中健康成长。特别要提的是，孩子的姥爷姥姥舍家撇业无怨无悔地来帮我们带孙子。孩子姥姥身患类风湿病，手脚都变形了，每天除帮我们带孩子外，一大早还起来打扫卫生，姥爷便承做全家的饭菜，做的糊涂面条好吃极了。姥爷肩负挣钱养家糊口的重任，不时地往返于老家郑州及周边城市，很是忙碌辛苦，这些我都看在眼里记在心里，特别的感动，今天特说声谢谢。把这些事记录下来让孙子们记住姥姥姥爷的好，长大一定做知道感恩的好孩子。

　　前几天看到书中有这样的一段话说："为了参与一个生命的成长，（孩子）不用替我争门面，不用为我传宗接代，更不用帮我养老。我只要这个生命存在，在这个美丽的世界走一遭，让我有机会和她（他）同行一段……"这是对养育子孙后代最美丽的诠释，更是对我们这一年的全力付出最好的诠解。

儿子儿媳，爸妈谢谢你们赐给我们这么好的一对宝贝，让我们重新体验到养育孩子的乐趣，见证了生命健康成长的奇迹。

亲家夫妻，你们辛苦了，谢谢你们无私的援助，祝福你们羊年身体健康。

亲朋好友们，谢谢你们对情儿、恒儿的关爱。

情儿、恒儿，爷爷奶奶祝你们生日快乐，健康成长！

爸妈祝双宝生日快乐

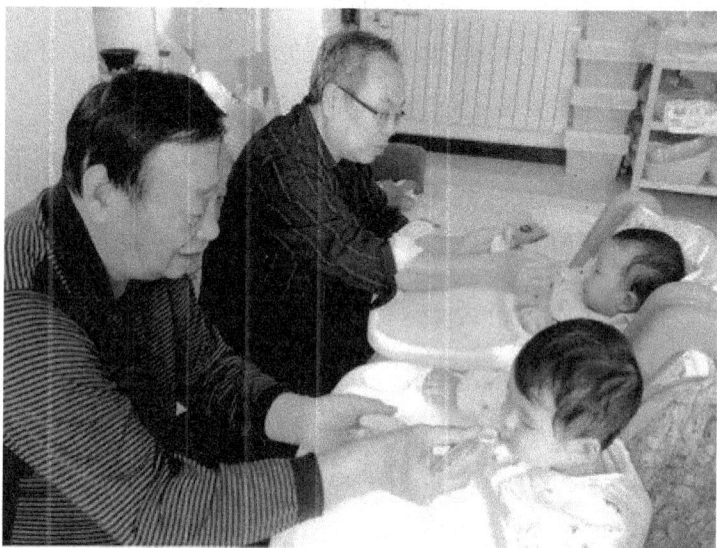

姥爷、爷爷在喂两个宝宝吃苹果

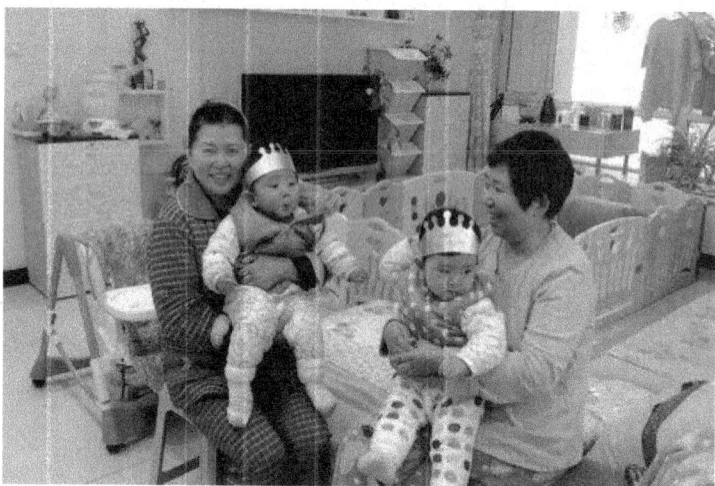

姥姥、奶奶与两个宝宝在一起

5月13日

女作家陈亚珍说："人活在世上就是活一个骨肉血缘的牵挂。"我很赞同，也深有体会。我的小孙子恒儿从4月16日至今反复着凉感冒发烧咳嗽，究其原因，一是天气变化冷暖无常，二是自己不细心，没及时给孩子添加衣服。看着恒儿难过的小模样，真是心如刀割，分外难受，很是自责内疚。

昨天孩子吃了药，晚上半夜睡觉还让抱着睡，下半夜竟一觉到天亮。今早5点多就起床了。早上又吃了药，上午精神很好，与姐姐一起在小乐园里玩了2小时。看着他们姐弟俩开心地玩耍，我心里好

奶奶，我要飞起来

受多了。这是爷爷今天拍下的照片，恒儿瘦了，看着很清秀。祝愿我的宝贝们健康活泼地生活。

奶奶与病愈后的恒儿

5 月 16 日

晒晒妈妈买的小花帽。

6 月 8 日

含饴弄孙其乐无穷！感谢我的摄友殷老弟记录这幸福时刻。抓拍得很好，表情很自然。

奶奶与恒儿

感谢殷爷爷拍下我们的生活

6月21日

家有小暖男（图片故事）

姐，你咋啦，不开心？

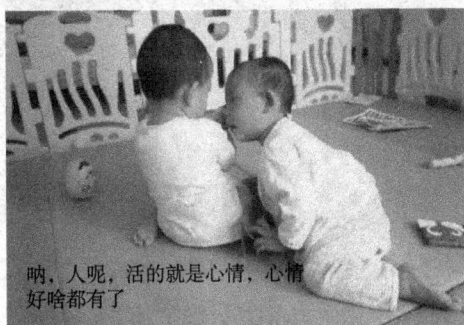

呐，人呢，活的就是心情，心情
好啥都有了

来，有啥心事给我说说，我当你
的垃圾桶

好啦好啦，别郁闷了

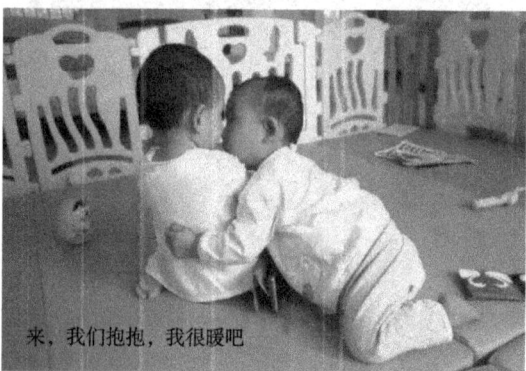
来，我们抱抱，我很暖吧

还没好？那放大招，来亲亲吧

6 月 30 日

与文友妹妹互动留言

成瑞芳: 新姐又有大作问世,先祝贺! 期待欣赏!

回复瑞芳: 妹妹上午好。姐姐好惭愧呀,自从有了孙子孙女,姐姐就没时间写了,一直在照顾两个宝宝,只是趁宝贝睡了看些书后记录下一些感想而已,很难再坐下来写成文章。

上周六带两个宝贝去体检了,一切正常,我很高兴。两个宝贝从生下来 3 斤到现在的 20 斤,且智力生理都与正常生的宝宝一样,姐姐很欣慰。姐姐拥有这两个健康成长的宝贝就是最好的"大作"了。妹妹一定也替姐姐感到高兴欣慰。谢谢妹妹多年来的关心爱护支持,有机会来郑州,请给姐姐电话联系,咱们见个面说说话吧。

7 月 17 日

昨晚午夜恒儿醒来,吃过牛奶后特兴奋,自己爬到飘窗上弹他的玩具琴(床与飘窗连在一起),然后又拿起一个装过衣服的布兜玩耍。为了哄他睡觉,我对他说:"这个兜你拿着吧,明早爷爷来了让爷爷用这个兜买菜。"听后他手握布兜带子顺从地躺下睡觉。我想把布兜放一边,他却牢牢地握着不肯撒手,只好随他。后来他渐渐睡去,但依然攥着兜带,直到早上醒来。爷爷来后,

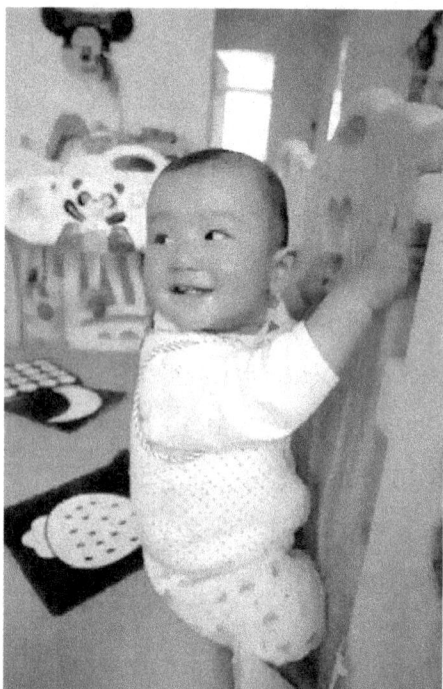
调皮的恒儿

他伸手递给爷爷，嘴里还嗷嗷地跟爷爷说着什么，直到爷爷把布兜接过去。我跟爷爷说了昨晚的事，恒儿才笑了，还叹口气，好像是说：这事终于办完了……

9月12日

清晨，带着恒儿坐在窗前看楼下小区的小路，看小路上走过的男男女女、老老少少。他们的脚步慵懒而又随意，带着睡梦中的甜蜜或忧伤，开始一天新的平凡生活。我忽然想起诗人商震在《三余堂散记》中对"路"的感言，他说："其实，路，就是路。只是历经了千年，变成了风景。……站着的人，走躺着的路；躺着的路，承载着人类的所有悲欢。"看看怀中天真的恒儿，心中添了些许惆怅，不知将来有怎样的"路"等着恒儿去走，但愿孩子一生平安，少走弯路，少些磨砺，多些幸福。

9 月 26 日

一觉醒来摸摸身边，没摸到那热乎乎的小躯体，心一惊，赶忙坐起睁开眼找寻，蒙眬中看到了房间的摆设，才回过神，知道是睡到了自己家的大床上——周末，我回到了既熟悉又有点陌生的自己家，看看手机上的时间是凌晨 3 点 20 分，孙子恒儿一般是在这个时间段醒来吃夜奶的，此时不知他醒了没有？吃过奶没有？再想想，孩子有母亲带着，我有啥不放心可牵挂的，自己不是瞎操心吗？这可真是人回来了，心还留在孙子身边，这是久带孙子而习惯成自然的必然结果吧。

想起白天孩子们的种种表现，心里充满了欣喜，也就丝毫没有了睡意。既然已经清醒，那就记下些什么吧，于是在手机上敲字。

孩子们已一岁五个月，自他们一岁时写过一篇小文，因自己的懒怠就很少用文字记录他们成长的轶事，但与他们一起度过的日月里所发生的一切却永远记在心里。

难忘二宝恒儿初学爬行时的艰难姿态，难忘大宝不往前爬直往后退的可笑模样，更难忘两个宝贝扶着护栏猛然站起的刹那带给我的惊喜。

宝宝们的早产使他们大的行动滞后，为了让他们正常发育成长，他们的父母买了爬行垫，于是两个宝宝开始了爬行训练。

情儿、恒儿在柔软适度的漂亮垫子上左右翻滚，游刃有余，玩得很是开心，但当让他们练习爬行时，却不那么顺利。

先说孙女情儿，她能用双臂把自己的身子支起来，却不往前爬，而是往后退，令我们哭笑不得，替她着急。于是孩子爸爸便在离情儿不远的前方放上她喜欢的玩具，一点点地往前移动，吸引她去拿，她才慢慢地学会往前爬。

孙子恒儿一开始就知道往前爬，但他不会用双臂支起自己的身子，往前爬的姿势就像训练场上军人的匍匐前进，而且匍匐前进的路崎岖不平，爬起来是那样的费劲艰难，看得我心疼发急，只想去拉他一把，但儿子不让，说让他自己练习会更好。就这样坚持数日，他终于会用双臂撑起自己的身子，爬行动作也标准了，很为他的进步高兴。

从那天起，姐弟俩便开始爬行追逐嬉戏，玩得开心惬意。有时我们大人也参与进去：中间放一个大球，我们与姐弟俩围着大球爬行追逐，与他们一起锻炼，室内欢声笑语不断，生活祥和而温馨。

孩子们进步很快，爬行越来越自如，为以后的站立打下了基础。

不记得是哪一天了，我又与宝贝们在一起玩耍，忽然看到坐着的情儿，一手紧抓护栏，另一只手扶着爬行垫用劲，想使自己站立起来。我不动声色，静静地注视她，看见她的小屁股离地了，但因一只手的力气有限，还是没站立起来，反复几次，都没成功。以后的几天里，在与宝宝们玩耍时我就特别留意情儿，我知道孩子们爬行阶段即将结束，他们要进入人生另一个阶段，要学站立了。

一天在玩耍中，情儿忽然用双手握紧护栏，小屁股离地，双脚一蹬，一下子就站立起来，我伸出拇指对着她说声："情情真棒！"她小脸通红，笑成了一朵花，好像也在为自己第一次站立起来的"壮举"而开心自豪呢。

从那天起，情儿就不再满足于爬行，而总是抓着护栏慢慢行走。恒儿看到姐姐这样，也不示弱，学着姐姐的样子抓着护栏练站立、行走。没多久，两个宝宝就告别了爬行阶段，开始步入独立行走的初步练习。

经过爬行、站立的练习，情儿的腿脚很稳健，不知不觉离开护栏，在爬行垫上像大人般地自由行走。弟弟恒儿身体一直弱于姐姐，大的行动总是滞后于姐姐，但恒儿很要强，有着不服输的性格，看到姐姐走得那么好，也开始离开护栏勇敢地迈出了第一步，但因腿的力量不足，平衡掌握得不好，迈出第一步后立马重重地摔倒在垫子上。当时我想去抱他起来给予安抚，以免他羸弱的心灵受伤，但还没等我伸出双手，只见恒儿很麻利地翻身爬起重新站起，毅然迈步前行，但还是重重地摔倒。就这样站立、迈步、摔倒、爬起、站立、迈步，恒儿一直练习不停有几十分钟，妈妈看着恒儿顽强的样子既感动又心疼，赞赏说："恒的名字取对了，恒儿就是有恒心。"我则看得流泪：这么小小的年纪，却有这么坚强的意志，怎不令我怜爱心疼。我蹲在他面前拥他入怀，帮他擦掉头上的汗，轻轻地吻着他的额头，他也回报我一个深深的吻，像是在安慰我："奶奶别担心，我一定会像姐姐一样走稳的。"

以后的日子里，恒儿每天坚持练习走路，不管摔多重，都是自己站起来继续练习，由迈出第一步到能走五六步，不知摔了多少跟头，流了多少汗水，且不管摔得有多重多疼，恒儿始终不哭。有时，我们看他走路像喝醉酒的醉汉摇摇晃晃的就忍不住发笑，他也跟着咯咯大笑，有时还边笑边拍手边走，像是给自己鼓劲似的。就这样，岁月不停，宝贝们的成长也不停，孩子们一天一个样，每天都有新变化，带给我们一个个的惊喜、感叹。我为见证宝贝们的成长而开心高兴。以后的路还很长，愿宝宝们少一些磨难，健康平安快乐地继续成长。

11月5日

上帝给每个匆忙赶路的灵魂分配了可爱的天使，小天使的到来，安抚了我匆忙的脚步，让我有了反观自我内心的时刻。

秋风中，河水清澈，树枝摇曳，我牵起那两只慢蜗牛在河堤上漫步，他（她）们用蹒跚的脚步丈量着人生的路，并带给我不一样的人生体验。

看着他（她）们欢快地玩耍，我想起微信里看到的一段话：要孩子就是"为了参与一个生命的成长。我只要这个生命存在，在这个美丽的世界走一遭，让我有机会和她（他）同行一段……"多么令人感动的答案！

有时候，我们身处幸福而不自知，而有种幸福只有参与了对孩子的养育，见证了孩子的成长才能体会到。

其实，在给予孩子爱的同时，自己也获取了爱与欢乐，不是吗？当孩子哭闹着张开双臂奶声奶气喊着让抱抱时，当抱起他（她），看到那破涕为笑稚嫩的脸颊上还挂着泪珠时，他（她）们是那样的令我爱怜、令我心疼，看着他（她）们清纯的小脸，我会倏地想起微雨过后清荷美丽的面庞；当他（她）们把热烘烘的小头颅轻轻地放在我的肩上，双手搂着我的脖子安然入睡时，我心便会升起无限的爱意。这种依赖和无比的信任，唤醒我心里的大爱。我多想让那一刻慢下来呀——这么亲密无间的日子，我会永生难忘，而这么亲密无间的日子，也就那么几年而已，我理应倍加珍惜。能与他（她）们相亲相伴的时日让我明白了生命的真正意义，见证了生命成长中的奇迹。

亲爱的小天使们，感谢你们带给我的欢乐和幸福，祝福你们健康快乐地成长。

美丽的情儿

纯真的恒儿

我们的全家福

11 月 12 日

孩子的午餐

因为两个宝宝早产，所以平时我们很注意宝宝们的饮食结构，注意荤素搭配。爷爷在水产市场买了活虾，昨天给孩子吃了油焖大虾，今天决定给他们做虾饺。

奶奶先一只一只去掉虾线，爷爷把虾煮熟，把虾皮剥掉，奶奶剁成虾泥，然后放葱末，少许姜末，放一个鸡蛋，少许盐，少许白糖，放了妈妈特意给宝宝们买的核桃油，拌好馅，和好面，开始包饺子。

11 点孩子们回来了，给他们洗了手，穿上卫衣，坐在餐椅上，爷爷也就把饺子煮熟了，稍微放凉一点，拿给宝宝们吃，他们高兴极了，特别是老大情儿，自己用手拿着一口一个，小嘴鼓涌鼓涌的，吃得好带劲，一会儿就吃了 4 个。恒儿吃得很细致，边吃还边听他最喜欢的《蓝精灵之歌》歌曲，身子随着音乐的节奏摇摆着，很是惬意。一会儿情儿把 6 个饺子吃完了，姑奶又喂她喝饺子汤。她看弟弟盘子里还有，就奶奶、奶奶地喊，小手还伸着，显然没吃够。于是奶奶拿了恒儿的饺子给情儿吃，小姑娘高兴地冲我笑，姑奶奶又给他们煮了几个，每人吃了 7 个饺子，这才开心地离开餐桌。

看到宝贝们这么喜欢吃，奶奶很欣慰开心。

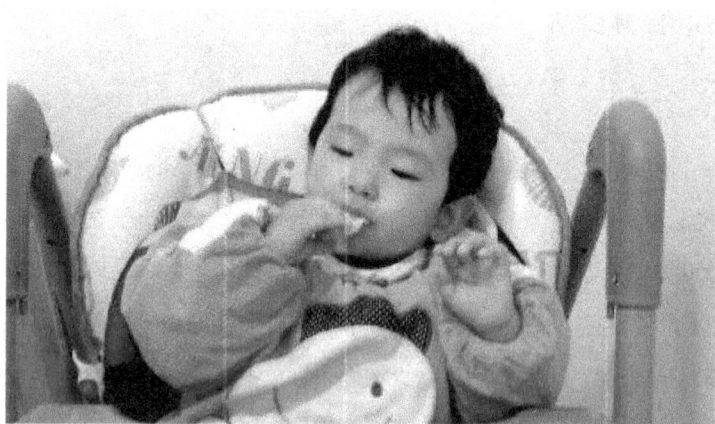

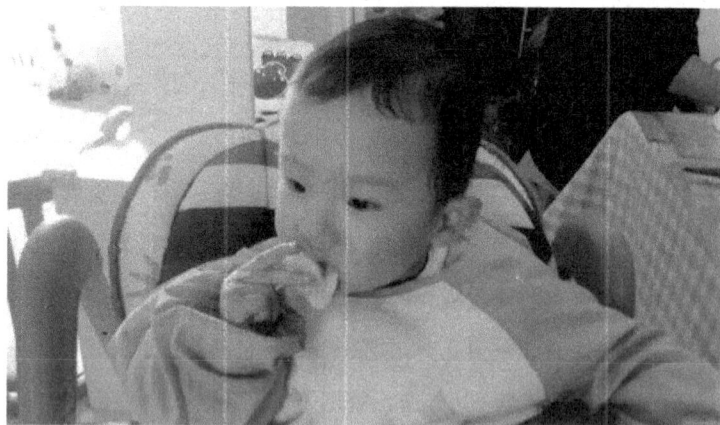

姐弟俩第一次吃虾饺

12月20日

刚与恒儿温存过,他便在我怀里静静地睡去了,我开始构思一篇文字,且慢慢打腹稿,名字就叫《清晨的温存》吧。

由怀抱恒儿,想起当年祖母怀抱自己口唱儿歌的情景,想起古老儿歌的内涵,想起恒儿平时对我的依赖及对母爱的渴求,一股暖流撞击我的心扉,很是想立刻写出来,怎奈恒儿已经在翻动小身躯快醒来了,一天的忙碌将从清晨开始,今天是写不成了,寄希望于明天或夜里……

12月25日

清晨的温存

带恒儿一年多来,我们祖孙俩早晚拥在一起相互温存已成了习惯。

晚上,由父母洗完澡的恒儿,一身的清爽,给他穿好睡衣喝过奶后,他就会张开双臂喊着"奶奶,抱抱"扑进我的怀里,双臂环着我的脖子,把热乎乎的小头颅轻轻地放在我的肩上,静静地等我给他唱儿歌。我坐在床上,抱紧他,轻摇他,给他唱:"摇呀摇,摇呀摇,摇到外婆桥,外婆夸你好宝宝,糖一包儿果一包,吃得恒儿哈哈笑。"于是他就在我肩上咯咯地笑一阵子,然后我又轻吟"磕头虫,把眼挤,你疼我来我疼你",这是当年奶奶给我唱过的儿歌，恒儿听后抬起头在我脸颊上轻轻地吻一下，我也会轻轻地还他一个吻，这种情景时常会让我穿越时空回到我的童年。

那是20世纪50年代，母亲带着我妹妹去了父亲工作的城市，留我在老家与爷爷奶奶一起生活。

冬天，乡里的风使劲地吹着，房间里没有取暖设备很是寒冷，我思念母亲心切，就会嘤嘤地小声哭泣，于是奶奶会把我抱到烧得热热的土炕上玩耍，有时爷爷会教我说些谚语，比如："枣芽发，种棉花""六月六，看谷秀"等。更多的时候是奶奶抱了我，我也像恒儿一样搂着奶奶的脖子，头枕着奶奶的肩膀听奶奶唱儿歌。奶奶唱："小老鼠，上灯台，下不来，吱哇吱哇叫奶奶"还唱，"月亮奶奶，好吃韭菜，韭菜䴗辣，好吃黄瓜，黄瓜有种；好吃油饼儿，油饼儿喷香；好喝面汤，面汤稀烂；好吃鸡蛋，鸡蛋腥气；好吃公鸡，公鸡有毛；好吃樱桃，樱桃跑得快，拉开桌子摆上菜……"我总是思念着远方的母亲，听着奶奶的儿歌在不知不觉中慢慢睡去，醒来已是在奶奶土炕上的被窝里。如今几十年前的情景再现，当年在奶奶怀里撒娇思念母亲哭鼻子的小娇女亦升级为祖母。尽管儿歌在时代的变迁中被赋予了新的内容与意义，但我依然不忘当年的"磕头虫，把眼挤，你疼我来我疼你"。奶奶在我耳边的关于爱的吟唱及奶奶对我的百般关爱与呵护，这种关爱传承了下来，曾经给了我的儿子，目前又给了我的孙子。

晨曦中，我与恒儿躺在床上，环着恒儿的小身躯，看他睫毛的震颤，看他慢慢地睁开双眼，看他举起双臂惬意地伸懒腰，享受他笑着双手抓了我的耳朵亲我面庞的温情传递，于是我坐起来抱了他，他便顺势搂了我的脖子，头依然枕着我的肩膀。清晨的温存便开始了，直到他抬起头我再给他换下睡衣穿好衣服，洗脸与姐姐情儿一起吃早饭，一天的生活也就在这种温情中开始……

2016

1 月 13 日

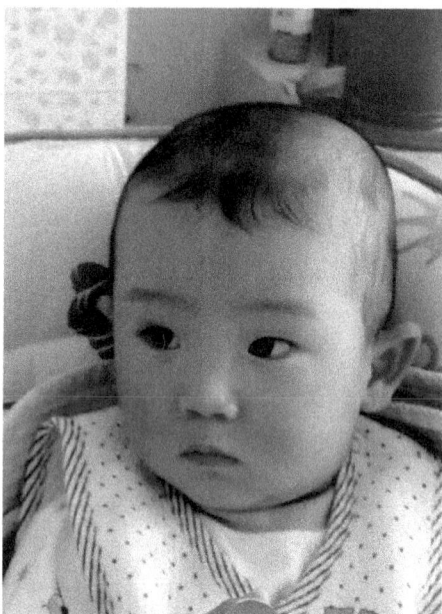

一岁八个月的恒儿

恒儿一夜安睡令我欣慰。

前几天夜里或中午，恒儿睡着睡着会突然哭起来，是那种很委屈的哭，我抱起轻拍安抚才会慢慢睡去。昨日在围栏里玩得正嗨，我问："恒儿，你夜里睡觉为啥哭？是做梦了吗？"他很认真地看着我还点点头回答："嗯。"

我又问："梦到啥了？"他答："马，跑。"我愕然！

1月14日

温馨时刻

今天下午爷爷打好果泥，两个孩子吃得很开心，弟弟恒儿很快把自己碗里的消灭干净了，姐姐情儿赶紧把自己碗里的果泥舀了喂给弟弟吃，弟弟抱拳感谢，还想给姐姐点赞，结果一激动伸成了"V"。晚上爸爸下班回来亲吻恒儿，爷儿俩亲热一番。姐姐情儿在专心地看儿童音乐动画片，恒儿见状，忙过去把姐姐推到爸爸跟前，让爸爸亲吻姐姐，看着爸爸与姐姐亲热，恒儿拍手乐。这温馨的时刻奶奶看在眼里记在心里。

1月17日

与安抚奶嘴告别

两个宝贝还在襁褓时，爸爸便给他们分别买了安抚奶嘴，当时情儿很不接受，一直没有用，但恒儿很是喜欢，特别是要睡觉的时候，给他喂饱奶，只要把安抚奶嘴往他嘴里一放，然后轻拍他，很快就能入睡。

最近，他有些上瘾，不睡觉也含着奶嘴。有时夜里睡觉醒来，奶嘴不知滚到哪里去了，他睡觉不老实，总是在奶奶怀里360度地转，奶奶就不停地跟着他盖被子，生怕他着凉。他就喊："奶奶，嘴嘴，嘴嘴"，奶奶就立马起来给他满床摸奶嘴，他也跟着摸，有时奶奶摸着递到他手里，他就会开心地咯咯笑放进嘴里，躺下咯吱咯吱嚼个不停，直到慢慢再进入梦乡。若他自己摸到，更是惊喜地大笑着放进嘴里。

他现在一岁八个月（实际是一岁六个月），应该与安抚奶嘴告别了，不然就影响牙齿发育，但看着他对安抚奶嘴那么依恋，奶奶总不忍心让他哭，所以一直没有采取措施。

昨天吃晚饭，他竟然也要奶嘴，吃几口饭，含一会奶嘴儿，妈妈看了说："这太过分了，不行得给他断了。"于是还说起了她同事的女儿是怎样断的，我说咱们也试试吧。于是爸爸偷偷地拿走安抚奶嘴，进厨房滴上几滴醋放到餐桌上，恒儿拿起放进嘴里立马又拿了出来，还煞有介事地研究一番，放到鼻子上闻闻后自己扔掉了。我们看着他的模样只想笑。一顿饭下来他没再要奶嘴。

晚上睡觉前喝过

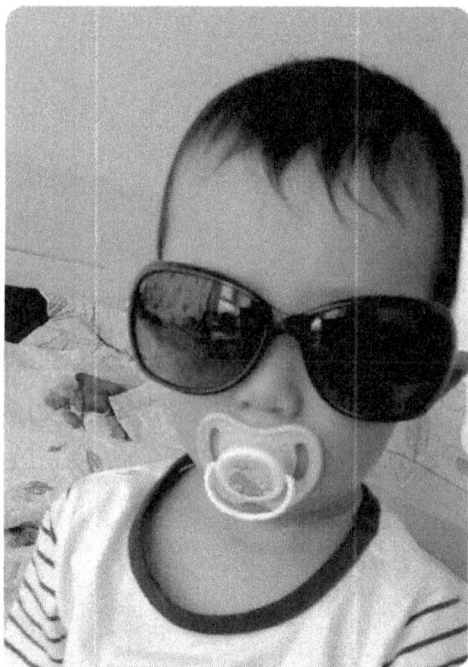

含着安抚奶嘴的恒儿

奶，他又想起了奶嘴，我便从早就放好醋的小碗里拿出奶嘴递给他。恒儿很小心地放到鼻子上闻闻，然后很坚决地递到奶奶手里，嘴里还嘀嘀咕咕地说了些奶奶不懂的话。奶奶趁机告诉他说："恒恒是大孩子了，以后就不要嘴嘴了好吗？"他说："嗯"，把头埋进奶奶怀里。奶奶知道：任何习惯的改变都要有毅力，都会伴着痛苦，恒儿也一样。奶奶立刻抱紧他，轻摇他，当奶奶无意识地摸到他的面庞时，竟然摸到湿漉漉的泪。这小孩儿呀，没有像妈妈好朋友的女儿一样，面对生活习惯的改变一直哭得令育婴师都掉泪，而是学会了忍。恒儿就是恒儿，有毅力的恒儿，懂事的乖宝宝。今早吃过奶，又要安抚奶嘴，但说过后立马又说不要不要，这一关也许就这样闯过去了……

2 月 26 日

情儿、恒儿已一岁十个月，他们有了自己的思想与个性，会说话，会表达自己的意愿，在不断给我们带来惊喜的同时也带来烦恼，这可能才是他们成长的正常状态。比如，他们喜欢进围栏后不穿袜子赤脚玩耍，出于对他们的疼爱，奶奶会觉得他们脚冷，有时就强迫他们穿上袜子，他们就会反抗。

昨天下午便是这样，进到围栏里，他们坐下，还不等奶奶把他们喜欢的绘本故事书拿好，情儿坐下后就先去拽脚上的袜子，把袜子拽得老长。奶奶忙阻止，人家已经脱掉一只正在拽掉另一只。在奶奶大声阻止之时，恒儿更利索地拽掉了自己脚上的袜子，并很得意地哈哈笑着跑了起来，情儿也笑着追了上去，姐弟俩便围着奶奶追逐嬉戏。奶奶逮住一个抱在怀里把袜子往脚上套，这只脚穿好再去穿那一只时，穿好的袜子又被拽掉，摸摸被冻得凉凉的小脚丫实在心疼，望着他们调皮的模样，无奈地停止了穿袜行动，脸上没有了慈爱的笑容。正跑着的姐弟俩忽然停了下来，看看我，又互相对望一下，情儿怯怯地走到奶奶面前，小心地轻声地喊“奶奶，奶奶”，还把小嘴贴到奶奶的脸颊上。恒儿见状，也过来把小嘴噘起亲奶奶的脸颊。看到他俩小心翼翼的小样，奶奶忍不住笑出声，忘情地把他们拥入怀中，随之他们也笑了起来，又挣脱奶奶的怀抱围着奶奶跑步转圈。

奶奶想他们跑着，活动着加上房间里有暖气也不会冷，就由着他们赤脚玩耍，不再强行给他们穿袜子了。

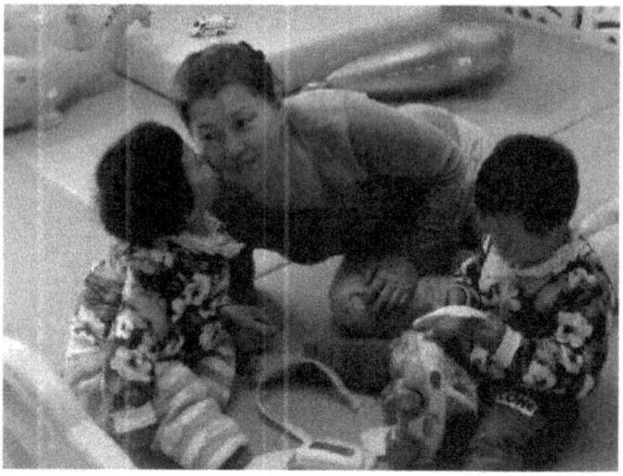

亲亲奶奶

3月21日

情儿、恒儿在家庭游乐场玩小摩托车、大客车、直升机等新玩具，忽然发现围栏角角有两个彩球，二人各取一个玩之。恒儿想把姐姐手里的球也占为己有，便把手里的摩托车给姐姐情儿。姐姐不要，恒儿追着情儿，嘴里还"姐姐，姐姐"地喊个不停。情儿无奈，便把球球扔掉，接过恒儿递过来的小摩托车。恒儿趁机捡起球球跑了，倚在围栏上看着姐姐歪着头笑。

3月22日

童趣

上周六两个宝贝去上早教课，课堂上老师讲得正起劲，下面的孩子有的在认真听讲，有的在自顾自地玩耍，孙子恒儿瞪大眼睛，很专注地听老师讲课。此时，一个同龄的叫星星的女孩子跑到恒儿身边，伸着头在恒儿脸颊上猛亲一口。家长们都很紧张地看着恒儿，怕他接受不了，会推搡星星。恒儿先是一愣神儿，接着扭转身子，微笑着给星星献上了一个轻轻的吻。看着这两个天真纯洁的天使般的孩子戏剧性的一幕，教室里响起一片热烈的掌声……

4月17日

情儿、恒儿两岁生日随笔

在万物复苏生机勃勃的春季，迎来了我们宝贝孙女孙子情、恒两岁生日。

两年来，奶奶与你们朝夕相处，特别是与恒儿，在一年多的时日里，奶奶曾24小时与你相伴。每天只要睁开眼就会看到你们可爱的面庞，就会听到你们稚嫩的童声。情儿、恒儿，你们是爷爷奶奶、爸爸妈妈生活的动力，你们的存在使我们见证了生命成长的奇迹，更是你们促使爷爷奶奶、爸爸妈妈变成更好的自己。

两年来在爷爷奶奶、爸爸妈妈的精心呵护下，你们每天都有新的变化，在长高长大的同时，有了自己的思想，形成了自己的性格。每当看见你们天真无邪的笑脸，看见你们在温暖的春阳下开心地嬉戏玩闹，看到你们在围栏里随着音乐起舞欢跳，看到你们很开心地吃饭，安静地听爷爷奶奶讲绘本故事，奶奶就会感到这是上苍及你们对我们无私付出的回报。

两年来，在爸爸妈妈、爷爷奶奶的关爱下，你们不但学会了说话，学会了走路，还能很快地从爸爸妈妈买给你们的绘本故事书里找到自己喜欢的书，让爷爷奶奶一遍又一遍地讲给你们听。

你们记住了拇指姑娘、神笔马良、卖火柴的小女孩、木偶人匹诺曹。你们喜欢小羊的善良，痛恨大灰狼的恶行；知道小白兔爱吃胡萝卜，小狗爱吃肉骨头；知道小猫不一心一意就钓不到鱼，而小孩说谎会使温顺的羊被恶狼吃掉。与爷爷奶奶一起玩捉迷藏的游戏，藏好后会不忘高喊"找吧"，而爷爷奶奶则捂住嘴尽量忍住笑，故意东找找、西找找，最后才去你们藏的地方找到你们，于是咱们祖孙同时拥抱在一起哈哈大笑。你们让我们享尽了天伦之乐。当你们齐声拉着唱腔高喊爷爷奶奶时，真是比歌星的歌声都好听，都令爷爷奶奶迷醉。

孩子，你们知道吗？你们是爷爷奶奶生命里的光，是你们的诞生把我们暮年的生活照亮。感谢上苍的惠顾，更感谢你们的爸爸妈妈把这么好的一对宝贝带来人间，陪伴爷爷奶奶度过退休后的岁月。

宝贝们，如今你们有了自己的思想行为，有了自己的个性习惯，也许有时会因为爷爷奶奶的生长经历与你们不同或因爱你们太深而不敢放手，会去阻止你们的一些行动而产生一些矛盾带给你们烦恼，但这也是你们生长过程中的必然遭遇。这些不会影响爷爷奶奶对你们的深爱，我们会尽力改变自己而适应你们，会与你们的爸爸妈妈一起营造一个幸福祥和的环境。你们一个无忧无虑的美好童年，让你们始终在爱的氛围中健康成长。

孩子们，咱们一起加油！

一家四口开心度日

情儿、恒儿生日快乐

妈妈，您吃

最初的认知

幸福时刻

幸福一家人

5 月 17 日

存在的目的在于追求存在以外的东西……

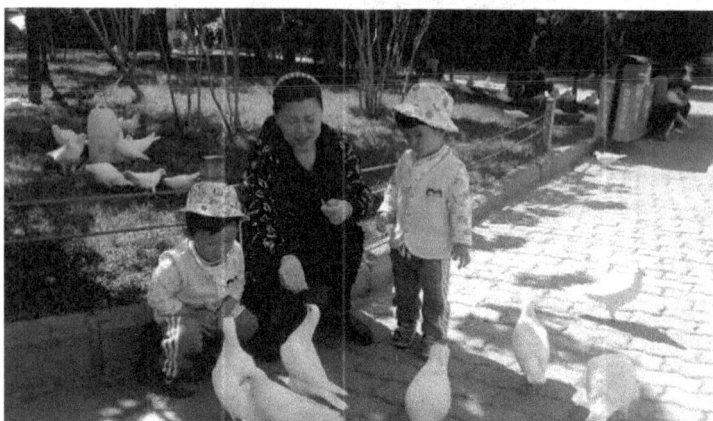

6月12日

端午节假期，我们一家六口团聚，一起到紫荆山、人民公园游玩。

两个孩子面对公园的许多游乐场所的游乐项目感到新奇，他们看到唱着歌在跑的小火车，高高在上的摩天轮，不停在旋转的木马，咕咕叫着的鸽子便开心得手舞足蹈，一会儿拉着爸爸的手去这边瞅瞅，一会儿又拉着妈妈的手到那边瞧瞧，一会儿又拽着奶奶的衣角让抱起来看看，一会又让爷爷领着跑着追那些别的小朋友用肥皂水弄出来的泡泡。当我们考虑并排除危险项目，决定带他们体验一下玩游乐设施的愉悦时，他们同时拱手说："谢谢爸爸，谢谢妈妈，谢谢爷爷，谢谢奶奶。"高兴之余眼里满含了期望。

首先由爸妈分别陪着他们坐小火车。不等爷爷买好票，情儿、恒儿就激动地、迫不及待地自己爬上进门的台阶，爸妈急忙跟上抱起他们坐进小火车。

音乐一响，小车启动，在轨道上一圈圈地跑起来，他们被爸妈簇拥着坐在小火车里，高举小手向站在场外关注他们的爷爷奶奶挥手致意。恒儿嘴里还喊着："爷爷你好，奶奶你好。"俨然一副小大人模样。这是他们被爸妈带到人间后第一次尝试在公园里坐车玩耍，稚气的脸上充满喜悦与满足。

时间到了，他们还不肯下车，好心的老板说："这会儿人不多，再让你们转几圈。"第二次旋转时间又到了，在爸妈的拖拽下，他们才一步三回头地走出游乐场的大门。

看着他们恋恋不舍的样子，我们决定再带他们坐另一种车。这种车是跑在有起伏大转弯的轨道上，大有海里冲浪下滑的感觉。这次由妈妈、奶奶陪伴。情儿被妈妈拥着坐在我们前面一节车厢里，我拦腰抱了恒儿坐在后面车厢。在等人的空档里，我低头看看满脸笑容的恒儿，问他："恒儿，今天开心吗？"恒儿笑眯眯地回答："开心。"说着伸出双手抱了我的头，在我脸颊上猛亲一口。正当我们祖孙俩亲热之际，小车启动，在《吉祥三宝》的乐曲中小火车爬高后俯冲旋转。我紧紧地拥住了恒儿。恒儿开始有点怕，不敢出声，我说："恒儿不怕，你看妈妈姐姐多开心，姐姐在笑呢。"恒儿紧搂我腰的手放开些，再后来他就大胆地享受小火车爬高俯冲带来的惊险刺激了，嘴里还不住地惊呼："哇，哇，好玩好玩，坐火车了，坐火车了。"时间过得真快，该与小火车告别了，恒儿牵着我的手，走到门口回头说："小火车再见。"

爸爸提议说："咱们去西园看鸽子吧。"

情儿、恒儿齐声回答："好！"

于是我们便到了鸽舍旁边。

只见白色的鸽子成群结队地在绿茵场上，在嬉戏的人群中起飞降落，许多孩子在大人的陪伴下欢快地伸出小手追逐着鸽子喂食。在离鸽群还有一段距离之时，情儿、恒儿就挣脱了我们的手，嘴里喊着："鸽子，我们来了"一溜小跑进了鸽群。爷爷则赶紧买来鸽食，分别放在他们手里。两个孩子拿了鸽食学着大人的样子蹲下来，情儿伸着手，嘴里说："小鸽子，你吃吧。"鸽子谨慎地走到她身边，伸着脖子用嘴啄食她手里的鸽食，情儿很开心地咯咯地笑，吓得鸽子展翅高飞。情儿站起来，仰着头伸着双手高喊："鸽子下来，吃。"一脸的虔诚。恒儿则嘴里"咕咕，咕咕"地呼唤着，当鸽子伸着头去啄食他手里的鸽食时，他立马把鸽食撒到地上，然后站起来，学着鸽子走路的样子，脖子一伸，双臂后翘做展翅飞翔状地往前跑，嘴里还喊着："鸽子，小恒恒与你们一起飞了。"看着两个孩子开心的模样，我心里感到无比的高兴与欣慰。

在我们的陪伴下，第二天去了人民公园，孩子们兴致一直很高，尽管走路多有些累，甚至我的脚有些疼，但我们一家能这么齐全地聚在一起游园实属不易。儿子、儿媳工作太忙了，现在能一起享受公园里的清新空气及天伦之乐，我由衷地感到高兴，这真是时间在哪，收获就在哪，而心在哪，时间就在哪。把时间放在脸上，就会成就美丽；把时间放在学习上，就成就智慧；而把时间用在家庭相聚上，就成就了亲情……

甜蜜的吻

7月30日

中午儿子打电话说下午带孩子过来看生病住院的奶奶，晚上在这里吃饭。爷爷放下电话立马看看冰箱里有啥，舅奶奶、奶奶立马把茶几上的药呀、烧水壶呀等危险品往高处挪，好似宝贝们马上就到来似的。

爷爷把红小豆、薏米、枣子、小米往高压锅里放，烧一大锅汤，舅奶奶、奶奶则商量着晚饭做什么菜。中午午休，我老两口在床上辗转反侧就是睡不着，直觉得时间过得慢。夫君问："昨天恒儿来看你亲不亲你呀？"奶奶答："亲，坐在奶奶怀里撒娇呢，临走还亲亲奶奶不想走，是爸爸硬抱走的。"夫君说："我看见他们的小脚丫就想亲亲。真想他们。"今天儿子休息，让爷爷在家休息，爷爷半天没见宝贝们就想得受不住了。记得林语堂曾说过："人生幸福，无非四件事：一是睡在自家床上；二是吃父母做的饭菜；三是听爱人讲情话；四是跟孩子做游戏。"这会儿真的很想与宝贝们玩捉迷藏的游戏，想听他们稚嫩的喊声以及发自内心的咯咯笑声，可是窗外阴云密布，雷声滚滚，一场大雨将至，可能孩子们来不了了……

9月1日

不知不觉间走进9月，7、8两个月在病痛与焦躁中度过，但愿9月自己的身体能慢慢恢复起来，腿不再打战，长些力气，能胜任照顾孙女、孙子的重任。

最近两个宝贝身体也有小恙，看着他们总没胃口吃饭，我亦是心急如焚。不知怎样的饭菜才能打开他们的胃口？有时我真是想哭，特别是他们张开双臂让我抱的时候，更特别是两个人争着让我抱的时候，抱着这个，那个哭得撕心裂肺，抱起那个，另一个哭得令我心碎，此时我也想哭。我不忍拒绝孩子，我知道他们身上不舒服，需要大人的爱抚。特别是孙子恒儿，抱到怀里，他的头就会枕到我的肩上，双手搂着我的脖子，有时还抬起头亲我的脸颊。搂抱着他瘦弱的小身躯，我就想掉泪，更多的是自责，没给他养壮养胖是我失职。我会在心里祈祷，愿9月我们都好起来，还得好好学习做饭，让他们吃好长壮些。

近几天郑州天气真好，蓝天白云，愿我的心情也像这天气一样好起来。

9月19日

见证孩子成长

下午，孙女情儿、孙子恒儿与爷爷、保姆阿姨一起玩捉迷藏的游戏，奶奶负责看护带的东西。

过了一会，恒儿跑到奶奶面前，搂着奶奶的腰，抬头看着奶奶，表情很凝重地说:"奶奶,我玩捉迷藏,不小心,砰,撞到树上了。"奶奶赶紧双手捧了他的小脸,看看头、脸上有没有伤痕,还好,小脸光光的,双眼皮的眼睛里一对黑黑的眼珠像夜空中的星星般纯净。奶奶俯下身子,轻轻地亲亲他的额头,对他说:"再玩捉迷藏的时候,要小心哟,别撞树,别伤着自己。"恒儿很认真地点点头说:"奶奶,我知道了。"随之又对奶奶说:"奶奶,你在这里等着恒恒,我玩一会儿,马上就回来找你。"说声"再见奶奶",便跑着又玩去了。看着他小小的背影,想起他说"砰"时的神情,奶奶不禁哑然失笑。这小人儿长大了,不仅会描述他玩的游戏,还会用拟声词,真令我刮目相看。

谁都离不开谁的姐弟俩

一会儿,孙女情儿肩上挎了爷爷买菜的一个包跑过来说:"奶奶,我去上班回来了。"奶奶惊喜地说:"情儿,你都能去上班了?"奶奶蹲下身子扶着她的双肩,看着她俊俏的面庞,心中升起无限的爱意,抬手轻轻摸摸她的脸颊。情儿很认真地说:"奶奶,我还要加班呢,你在这里等着我,情儿加会儿班马上就来找你,我给奶奶买好吃的。"这全都是妈妈对她说过的话，奶奶也学着她的样子认真地点点头说："好，奶奶在这里等着你。"情儿转身跑向弟弟，没跑多远又回头对奶奶说："奶奶，你别动，要乖，等情情回来。"说完跑走了。

奶奶被两个宝宝的话语及行为所感动。孩子们长大了，不再只是会哭哭闹闹的小宝宝，他们现已会观察模仿大人的言行，有了自己的思想行为，这让奶奶非常欣慰，能见证孩子的成长是人生中的幸事。

9月21日
小暖男子恒

昨天早上7点，奶奶骑自行车到了儿子家，只见孙子恒儿已起床穿戴整齐。他高兴地喊着奶奶扑进我的怀里。看他穿着单薄，奶奶说再给他穿件外套，今天天气有点凉，他拉起奶奶的手说："奶奶也冷，手凉，我给你暖暖手吧。"于是用双手握紧奶奶的手，还用嘴吹吹送暖。奶奶的手握在他热乎乎的小手中，倍感温暖，心里也觉热乎乎的……

10月1日

与孩子们牵手看云

又到十一长假，能出去旅游的人已经在路上了，我因了孙子孙女还小，不愿带孩子出去受罪，故在家休闲游。

我牵起那两只胖乎乎的小手，去河堤上散步，去如意湖边看水看云。古人曾说"行到水穷处，坐看云起时"，这样的诗句想一想就让人眼前开阔，内心很静。带着孙子孙女看云，更是有无限的乐趣，这比出去看人头攒动有趣多了。

如今旅游方便，到高山上去领略峻岭峡谷、怪石清泉，到大海边观海、游泳、晒日光浴，都是很容易的事，但现在节假日出游的人实在是太多，大自然早已经"人化"了。记得1996年到泰山，坐缆车上到半山下来，朝南天门望去，只见全部是人，沿一条蹬道走去，中间是一个个兴致勃勃又疲惫不堪的游客，两边是虎视眈眈叫卖不停的小商贩，再看山的两侧，又有那么多的石刻题字，有的还算讲得过去，有的简直是对山的糟蹋和玷污。后来到烟台、威海、青岛海边也是人挤人、人看人，人站立在海边的水里，我想那凉润的海水大概也会被人泡热了。山水之乐，那种得之心而寓之酒的意趣，恐怕就难说了，因此对十一长假不能出游一点也不觉得遗憾。

此时，我牵着两个宝贝的手，看天观云，很是惬意。现在是秋季，风和日丽，天空非常高远，白云袅袅，悠悠然飘忽而过，仿佛将人心中的浊物也都一并带走了似的，内心很是清爽。特别是在夕阳西下的时候，云幻化了多样颜色，自然地展现出各种样式，有的像端坐养神的老人，有的像伏踞待起的狮子，有的还像悠闲吃草的山羊及眺望远海的猴子，变化多端，妙趣横生。我一一指给孩子们看，在我的引导下，孩子们抬头观望，拍手开心大笑。看看他们天真的笑脸，我亦抬眼观望，有的云朵竟然好似已经在那里等待我了。淡淡的像早春二月一长排垂柳上显现的一抹嫩绿，横在天空，好大一片；也有的像一条长龙，鳞甲毕现，从天边腾起，一直向中天升去，保持不变的姿势，像是要向幽深杳渺的长空飞去似的。

有时傍晚，雨后初晴，我与夫君带两个宝贝在河堤上散步，抬头看，天空一片乳乳的白，就见一块又一块深蓝色的云飘浮在空中，远远看去就像是三两座小山，四五排云树。在青山云树的点缀之下，没有云的地方则展现出浩渺无垠的大海，山成了小岛，岛与岛之间的一粒粒碎云片，全都成了点点的小船，好像是在准备傍晚回归一样。再看，又好像是画家勾勒的一幅山水图画，画面阔大，色调简单，只有深蓝和乳白的底色，这边是海岸线，那远处是小岛，再远处的岛又更大、更高，好像要朝我们头顶上的天空铺展过来一样，使这一清如洗的天空也变成了大海，变成了画家笔下留空的画布。我仰首观望，低头平视，左右扫描，到处都是大自然中的景物，我们祖孙一行亦融入了这个画面中间，成了这海洋中的一个景物。

梁简文帝《咏云》中曾说："浮云舒五色，玛瑙应霜天。玉叶散秋影，金风飘紫烟。"秋日萧瑟，落叶飘零，但是在这位皇帝的眼中，因为有云，这世界仍然是多姿多彩，一片斑斓。而今秋日云下有了我们及我们的观赏，生活便多了生机及情趣。

10月5日

国庆节期间虽没外出，但也没闲着，几乎每天上午都带宝宝外出游玩。昨天去了绿博园，置身于大自然中，孩子们看看树木花草，听听鸟鸣，很开心，我们也很愉悦，唯一遗憾的是孩子妈妈因工作忙在家加班，没能在国庆期间拍一张全家福照片。

10月5日

孩子们在长高的同时，语言表达能力也越来越强了。昨天儿子与我们老夫妻俩带孩子们外出玩耍，走至电梯内，孙女情儿忽然拉着爸爸的手说："爸爸，我真的很爱你。"爸爸也很认真地低头对她说："我信你。"看着姐姐这样对爸爸表白，孙子也转身拉起我的双手抬头对我说："奶奶，我真的很爱你。"我忘情地抱起他，给他一个吻说："恒儿是个好孩子，姐姐也是个好孩子，奶奶也真的很爱你们。"他俩都咯咯地笑了起来。

前天吃早饭，吃着吃着情儿竟然望着爷爷唱了起来："新年好呀，新年好呀，祝福爷爷新年好。"爷爷开心笑着说："爷爷没白疼你。"恒儿一看姐姐唱，也跟着唱，他唱："新年好呀，新年好呀，祝福大家新年好。"一遍又一遍，反复吟唱，唱得我们心花怒放，一顿饭吃得欢畅愉快。

10月9日

清晨骑车走在路上感觉冻手了，禁不住秋寒的树叶不时地落在马路上，稀疏的行人瑟缩着走在寒意浓浓的晨风里，大街上一片秋晨的萧瑟。

手被冻得有点疼，手套洗净后被收藏到了衣柜的抽屉里，还没有找出来，我把外套衣袖拉长把手盖住以挡秋晨之寒。

走至医院旁边，传来哀哀的哭声，逝者已上路，活着的亲人们依然沉陷在悲痛中。此时我骑车走在大街上，竟然觉得自己是那么的幸运，不是吗？我健康地活着，天天与孙子孙女演绎一场场爱的生活喜剧，体验着季节的轮换，等待着冬雪的漫撒，春的姹紫嫣红；每天，在阳光下与可爱的第三代一起玩耍筑梦，这是多么大的福分。感谢老天对我的眷顾，我理应珍惜。其实，就这样守着一段冷暖交织的光阴慢慢变老，也是幸事。想到这些，不再悲秋。

加快了骑车的速度，迎着秋风继续向前，想尽快地再次体验两个爱孙热烘烘的小躯体扑进怀里的温馨感受……

10 月 12 日

两个宝贝出世后，孙子恒儿我带得多些，所以他很依赖我，平时爸爸妈妈上班去了，孙女情儿由爷爷带着，我依然带恒儿，所以有时就有了争奶奶的闹剧。

情儿有时也很希望被奶奶亲亲抱抱，但每当我把情儿抱在怀里，恒儿就特别不愿意。严重时，两人都同时扑在我的怀里，你打我，我拉你，闹得不可开交。每当这时，爷爷就出来极力把情儿拉开，抱起，情儿就会很失落地哭泣，弄得我心里酸酸的。昨天，又重演了一场争奶奶的闹剧。先是由我给孩子们讲他们最喜欢听的绘本故事《圆圆的月亮》，孩子们很认真地听完，情儿站起趴在我怀里说："奶奶抱抱。"恒儿一听立马推开姐姐，利索地爬到我腿上，对姐姐说："我奶奶，姐姐，爷爷。"意思是奶奶是他的，姐姐去找爷爷抱抱。情儿见状，坐在沙发上哭，我赶紧对恒儿说："奶奶是你的奶奶，也是姐姐的奶奶，你们都是奶奶的好宝宝，奶奶喜欢恒儿也喜欢情儿，所以奶奶抱你，也得抱姐姐。"恒儿不乐意，趴在我怀里撒娇，小声哭泣，嘴里还说着："我奶奶，姐姐，爷爷。"情儿还在嘤嘤地哭，我对恒儿说："你很爱奶奶，姐姐也很爱奶奶，你看姐姐哭得多伤心，你看这样好不好？"听我这样说，恒儿停止哭泣，看看哭着的姐姐又看看我，我赶紧说："奶奶前边抱着你，后面背着姐姐好不好？"还没等恒儿同意，情儿立马站起趴在我的背上搂着我的脖子。恒儿用劲地去掰姐姐的手，我赶紧抓住恒儿的手说："奶奶是你们两个小宝宝的奶奶呀，所以奶奶也应该给姐姐很多爱，对吗？不然姐姐会很伤心，你愿意让姐姐伤心哭吗？"恒儿摇摇头说："不愿意。"然后又含泪对姐姐说："好吧，姐姐让奶奶背背吧。"于是情儿重新趴在我的背上，恒儿在我的怀里，两个人尽情地撒娇。我提议一起唱歌，于是我唱"小燕子穿花衣"，两个宝宝立马跟随。唱完歌，恒儿拍着手说："姐姐笑了，姐姐笑了。"情儿笑着亲奶奶的脖子，恒儿说还有我，说着站起来在我脸颊上轻轻地吻一下。我看宝贝们都高兴了，于是说："咱们下楼去河堤散步吧。"他们响应，我与夫君牵着他们的小手走出了家门，一场争奶奶的闹剧结束。

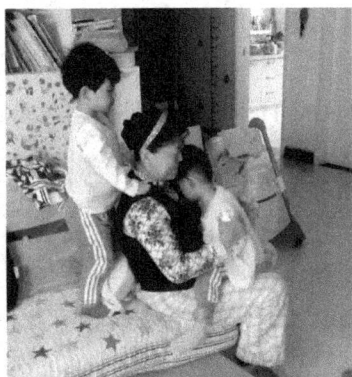

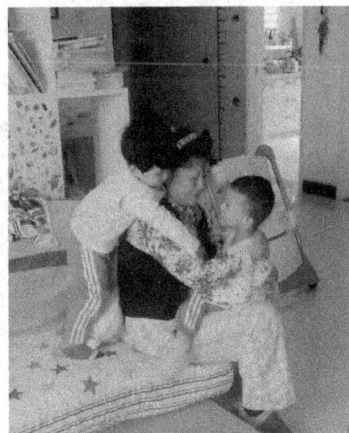

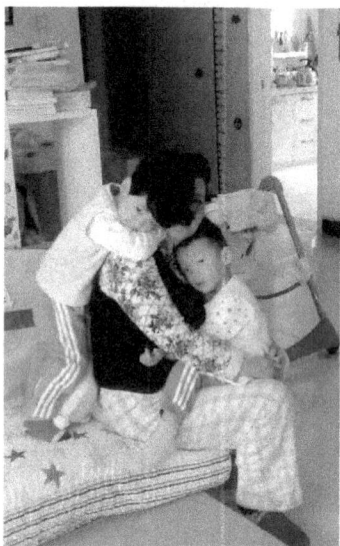

10 月 13 日

昨日带两个宝贝去河堤散步，两个孩子很喜欢堤坡上白色的花朵，每次去都要蹲下闻闻，会说："好香。"这次许多花朵凋谢了，结了许多小果实，绿绿的，三个瓣，很是好看。恒儿随手采了两个，拿在手里把玩，忽然说："真漂亮，我要与奶奶分享，给奶奶哪一个呢？"说着举到我面前说："奶奶，你要哪一个？恒儿要与奶奶分享。"我赶紧挑了一个，并夸恒儿是个懂事的好孩子，恒儿很高兴。我随之告诉恒儿，这是草的果实，草长高了就开花，秋天花儿落了就结果实，这是小草的种子。再过些天，冬天来了，刮大风会把种子摇落掉进土里。明年春天，种子会发芽冒出来长成草，然后继续开花结果的。恒儿很认真地听我讲，但我不知他能听懂多少。他抬起头对我说："奶奶，春天咱们还来看花，看蝴蝶。"我说："好。"

恒儿、我各拿着一枚绿色的果实往前走，情儿看着秋风中摇曳的树枝让爷爷折下来玩耍。我对情儿说："树枝是鸟儿落脚的地方，小朋友来了都要爷爷奶奶折树枝，树枝折完了，小鸟会没处停，咱就听不到小鸟唱歌了。"情儿不依还是要，爷爷说："树是有生命的,折树枝树会疼的。"对于"生命"之说,情儿感到迷惑,但说到疼,她立马重复爷爷的话对弟弟很认真地说:"树会疼的。"好像要爷爷折树枝的是弟弟而不是她似的。

为了满足情儿的心愿,在他们说话的当儿,我在草丛中找到了两条干了的柳树枝,上面的树叶已落光,枝条很长,柔韧度很好。情儿、恒儿拿到手中开心地玩耍,情儿高举起枝条说:"我在钓鱼呢,爷爷你看。"我与夫君同时望过去,枝条的另一头真像一根钓鱼线弯弯地垂向地面,我很佩服情儿的想象力,向她竖起大拇指,她调皮地挤挤眼歪着头冲我乐。

再看恒儿,正用枝条在河堤的草层稀疏的花中来回拨扫,一脸的虔诚,嘴里还念念有词:"小蝴蝶,你怎么还不出来采花蜜呀,我都想你了,你快出来吧。"正念叨着,还真有一只小蝴蝶被恒儿的枝条惊扰,飞了起来。恒儿立刻扔掉手里的枝条和刚才采摘的草种,欢快地喊着:"奶奶你看,蝴蝶,蝴蝶。"张开双臂向蝴蝶追去。蝴蝶绕了一圈重又落在一朵黄色的蒲公英花朵上,恒儿蹲下,饶有兴趣地看着,抬头对我说:"奶奶,蝴蝶在采花蜜呢。"我赶紧竖起食指放在嘴上发出"嘘"声,对恒儿说:"说话小声些,别惊扰蝴蝶,好吗?"恒儿点头不语,继续看蝴蝶采花蜜。情儿闻声也赶过来,恒儿也学着我的样子把食指放到嘴上发出"嘘"声,让姐姐别惊扰蝴蝶。

一会儿,蝴蝶大概是采完花蜜飞起来,两个孩子站起目送蝴蝶飞走。恒儿看着远去的蝴蝶幽幽地对我说:"奶奶,蝴蝶回家找妈妈了。"也许恒儿这会儿在想妈妈，可妈妈总是那么忙，白天忙不完还要夜里哄睡孩子再加班，真是又忙碌又辛苦。看着恒儿落寞的神情，我鼻子发酸，忍住眼泪，低头拉起两个宝贝的手，迎着微风继续前行。

走着走着，情儿忽然蹲下。我低头一看，地上有只很小的虫子，胖胖的身子底下长了许多脚。情儿胆子大，用手中枝条去触动小虫子，把小虫子掀翻了，小虫子舞动着多条脚拼命挣扎。此时我们老少四口都蹲了下来看虫子，恒儿还挥动手臂喊："小虫子加油，小虫子加油！"地上的小虫听到喊声也许是害怕了，忽然身子一缩变成了一个小球，惊得两个宝贝大喊："哇。"情儿又用树枝戳小虫，小虫骨碌碌滚了起来。恒儿大喊："小虫子真棒！"这一声喊惊动了路人，他们也围过来看，一看我们老少四口在玩虫子，嘿嘿笑几声走了。我想：人家一定觉得我们老两口很无聊，但我却觉得此刻很幸福、很有趣，跟着孩子一起认知世界的奇妙，不是所有人都能享受到这天伦之乐的，我与老伴喜欢这样的生活。

我收回思绪，只见小虫滚动后忽然舒展身体拼命地爬起来，我对两个宝宝说："小虫子玩累了，要回家吃饭了，让它走吧。"孩子们欣然同意，恒儿站起拍拍自己的小肚子说："奶奶，恒恒肚肚咕咕叫了，咱们也回家吃饭吧。"于是我牵起两只小手过马路，慢慢向家的方向走去……

10 月 18 日

未来的建筑师从搭积木开始学起……

11 月 16 日

午后，恒儿一会儿喝奶一会儿玩毛绒玩具，一会过来扒我的眼睛，一会儿又唱儿歌，没有丝毫的睡意。我不舍得扫他的兴，陪着他玩耍，看着他可爱的笑脸，我心里很高兴。这会儿 2 点 31 分，他终于熬不住了，开始哈欠连天，躺到被窝里默默地不再说话，随之用手抓住自己的耳朵。这是他的习惯动作，只要瞌睡就抓自己的耳朵。我顺势轻拍他，他一会便睡着了。看着他恬静的小脸，

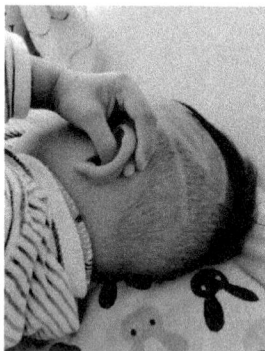
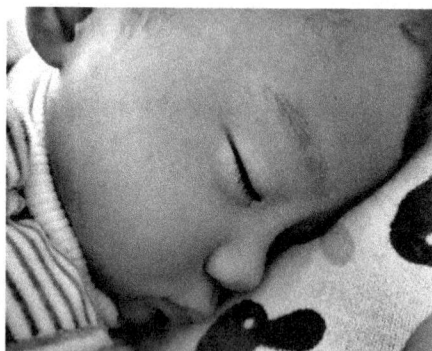

恒儿困了总爱抓自己的耳朵　　睡着了

长长的睫毛微微地颤动，我爱怜地摸摸他的头。我的宝贝，奶奶
祝你做个好梦。其实带孩子睡觉也是一种精神享受呢。

11月28日

子恒夜宿爷爷奶奶家

与孙子孙女共进晚餐后，爷爷奶奶通常是要回自己家的。今
天恒儿看到奶奶不在客厅，便说："我把奶奶弄丢了。"奶奶穿
好衣服从卧室走出准备离开，恒儿急忙上前拉了奶奶的手说："奶
奶不走。"爸爸妈妈拿出恒儿爱吃的冰糖葫芦分散他的注意力也
不奏效，恒儿依然大哭着不让奶奶走。妈妈说："既然这样，你
跟奶奶走吧。"恒儿欣然答应，于是到了爷爷奶奶的家。

到家后，爷爷把所有的灯都打开，说让大孙子好好感受一下

爷爷奶奶的家。恒儿很兴奋，拉着奶奶的手每个房间都看看说：
"爷爷奶奶家真棒。"于是奶奶拿出他喜欢的玩具汽车，恒儿爱
不释手地玩起来。爷爷趁机烧水，准备给他沏奶，奶奶则给他洗
脸洗脚洗屁股，恒儿乖乖地配合。

　　洗好后奶奶把他抱到卧室床上，他看到床头上爷爷奶奶在海
边的合影说："这是奶奶，这是爷爷。爷爷指着天上对奶奶说，'你
看飞机'。"听了他的话，爷爷奶奶大笑不止。那幅照片里的爷
爷确实在指着天上，奶奶笑着正看爷爷指的天空呢。恒恒又指着
对面墙上挂着的奶奶年轻时的一张照片说："那是妈妈，在看着
我呢，妈妈说'恒恒你乖不乖呀'？"指着另一张奶奶穿一身白
裙子，手捧一个古色古香的陶瓷花瓶安静地坐着的照片说："奶
奶穿的是跳舞的裙子。"爷爷奶奶听着宝贝孙子的话，笑得合不
拢嘴。奶奶还担心换了新的睡觉环境恒儿不适应会不会哭闹，谁
知他表现得如此乖巧。奶奶放心地给他铺好他在妈妈家用的小睡
毯，恒儿立刻趴到上面亲吻上面的蝴蝶说："奶奶，这是我的毯
子。"可不是吗？这是奶奶家里他唯一熟悉的他自己用过的东西，
因此感到亲切。他扭头闻闻枕头说："这个爷爷味，那个奶奶味。"
我拿了藤椅上的一个坐垫，放上新的枕巾给恒儿当枕头，他闻闻
说："泡泡味。"奶奶问他是不是香皂味，他答是，顺势躺到枕
头上。爷爷递上沏好的奶，恒儿接过饮之。喝完，爷爷端来温水，
恒儿漱了口躺到奶奶身边，还是兴奋得不睡，一会给奶奶说点这，
一会又说点那，直到10点才有了困意。在奶奶轻拍下他慢慢睡去，

随之奶奶给爸爸妈妈发微信报平安。

敲完此篇短文，奶奶看看恒儿，呼吸均匀，睡得很香，一脸的安详，奶奶也该睡了……

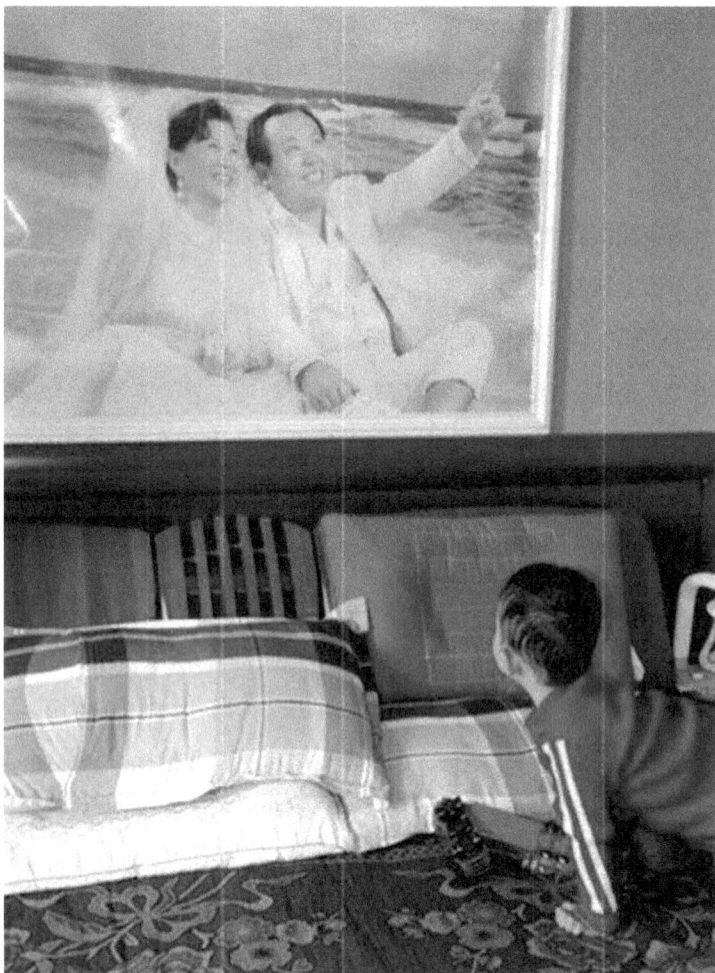

恒儿在看爷爷奶奶的照片

2017

1月1日

今天是 2017 年第一天，时光在不知不觉中又走到 16：51，因为我曾答应逸品心阅书吧的创始人陈奇艺老师坚持写日记、晒日记，故开始在手机上敲今天的这篇文字。

想想今天的经历，还真有许多应该记录下来的事情。

清晨夫君醒后对我说："今天是 2017 年的第一天，以后咱俩就把身体弄好，省得给孩子们添麻烦。"我点头说是。

近段时间因心脏不好一直在住医院治疗，夫君也因眼底静脉出现黄斑而等待元旦假期后医院正式上班而住院治疗。这几天情儿、恒儿跟着休假的父母惬意地生活。今天跟大夫提出我要出院，大夫欣然同意。孙子们需要我带，不然儿子夫妻没办法上班，所以我必须出院。

我同室的病友，一个 70 岁的老太太患脑血栓，后遗症是半边身子瘫痪，生活不能自理，平时全靠 73 岁的退休老教师丈夫照顾。老爷子也已步履蹒跚，但夫妻二人有说有笑很是开朗乐观，令我感动。老太太告诉我，她刚患病时自己不能接受自己的瘫痪，总是想死，老伴就很耐心地劝慰她说："你可不能死，你死了撇下我连个说话的人都没有了。"老太太听了很是感动，知道了自己还有活着的必要，还有人需要她，她就好好吃药，接受老伴的照顾。几年来，老伴承担了所有家务，不离不弃地耐心照顾她。通过这一对平凡的老夫妻，我看到了不平凡的爱情演绎，他们没有铿锵的爱情誓言，却相濡以沫、执手相伴地默默生活着。

中午我们全家六口在"大鸭梨"酒店共进了午餐，吃了年饭。饭后恒儿抱着我亲，令我心醉。世上还有比被人热爱着而更幸福的事吗？下午，儿子为了让我老两口休息，带着媳妇子女回他们家。恒儿不想离开奶奶，在车里大哭。我心里分外难受，这样被依恋信任，令我欣慰又很抱歉，所以更坚定了下周二出院的决心。我离不开孩子，孩子也需要爷爷奶奶，这就是亲情，这就是人间的爱……

1月3日

今天在儿子的陪伴下，夫君做了激光治疗，但愿会有好的效果。我也于今天出院，余大夫千叮咛万嘱咐地让我平时不能过于劳累，不能生气，否则对心脏不好；要按时服药，保重身体。很感谢她多年来的关心，今后的日子里一定按照她的嘱咐去做，争取有个好身体，不给孩子们添麻烦，以便继续带宝贝们，继续享天伦之乐。

中午带恒儿睡觉很惬意。恒儿像只小猫咪温顺地依偎在我的怀里，接受我的轻抚，他则用小小的双手捧着我的脸，小脸贴在我的脸颊上，不一会儿就安然入睡了。看着他安详的睡姿，我生出无限的爱意，轻轻地在他脸上亲了一下。愿他的梦里阳光明媚没有风雨……

1月7日

恒儿夜宿爷爷奶奶家

今晚是恒儿第三次夜宿爷爷奶奶家，拿来的东西基本都用上了。他的小飞侠飞机、小火车，爷爷奶奶家原来备的公交车、大货车玩具，都拿来陪他睡觉，最后他在电子表的报时中有了睡意，在奶奶讲的《咕咚》故事中慢慢睡去，表现还不错。夜静悄悄的，愿恒儿安睡到天亮。

1月10日

妈妈出差去了外地，陪恒儿睡觉自然由奶奶接替。恒儿早已习惯了这种不定期的更换，没有思想上的波动，一切像妈妈在家一样度过：看动画片，听奶奶讲故事，玩他心爱的汽车玩具等。情儿倒是有点儿失落，但不是因为妈妈出差了，而是因爷爷生病这几天住院。午休后她不习惯没有爷爷照顾她而哭泣，奶奶接替爷爷，耐心地告诉她，再怎么哭闹，爸妈爷爷都不会突然出现，还不如不哭，趁弟弟睡觉不与她抢奶奶，让奶奶好好地抱着呢。情儿还真听奶奶劝说，止住哭声，乖乖地让奶奶穿好衣服，静静地依偎在奶奶怀里吃水果，听奶奶给她讲故事，一会儿脸上露出了笑容。奶奶安排她看动画片巧虎后，去照顾刚睡醒的弟弟。

晚饭后，爸爸学螃蟹横着走，学大象，学大猩猩逗他们开心，情儿、恒儿也学着爸爸的样子模仿各种动物的形态。看着他们学得惟妙惟肖的样子，奶奶与保姆阿姨哈哈大笑。家里虽然少了妈妈、爷爷，但依然充满欢声笑语，依然温馨祥和。

入夜，孩子们玩累了，洗漱后安然入睡。

祝愿出差的妈妈工作顺利，祝愿生病住院的爷爷早日康复回来陪宝宝。

1月11日

忙忙碌碌又是一天。

情儿、恒儿中午是要午休的，但今天两人都特兴奋，奶奶、爸爸用尽浑身解数也没能使他们入睡，只好顺其自然。

爸爸上班走了，两个宝贝留在家中与奶奶、保姆阿姨一起玩耍。他们喜欢看动画片，奶奶打开投影仪，他们喜欢的故事也就开始了。

巧虎、《爱探险的朵拉》和《小猪佩奇》已看过多遍，里面的台词他们也都已熟知，于是里面的语言也就变成了情儿、恒儿的语言。平时他们若需要大人们帮忙，就会学着动画片里的台词说："奶奶，请帮忙给我拿玩具。"有时需要一些东西会说："我可以拿那个东西玩吗？"总之，通过看动画片，他们的语言表述能力进步特快。今晚与奶奶、爸爸、保姆阿姨共进晚餐时，恒儿被饭呛着了，咳嗽不止，奶奶问他怎么了，恒儿擦擦咳出的眼泪回答奶奶说："因为我把饼饼塞嘴里太多了，所以呛着了。"把因果关系表述得清清楚楚。奶奶说："恒儿，以后吃饭要小口些，要细嚼慢咽。"他答："我知道了，奶奶。"很像一个大孩子。

情儿、恒儿不断地从绘本、动画片里学习一些知识，很为他们每一点进步而高兴欣慰。

1月13日

不记得是谁说过"三岁女孩有母性，八十老翁有童心"的话了，我家两岁九个月的情儿就有母性的爱心。

情儿、恒儿经常在一起玩过家家，情儿总扮演母亲的角色，恒儿总是扮演那个哭哭啼啼被母亲宠爱的小童子。

今天情儿、恒儿又挤在沙发上上演"母爱子"一剧。情儿让恒儿喊自己为妈咪，且像个小大人似的，把恒儿揽在怀里，一只手轻轻抚摸恒儿的头，嘴里还说着："恒恒，你这毛茸茸的头发真好。你要乖乖的，听妈咪的话，不要哭。"恒儿则一副乖宝宝的模样，眯着眼很陶醉地躺在姐姐怀里，任姐姐对他示爱，看得我好感动，便情不自禁地过去摸了摸情儿的小辫子，拍了拍恒儿的小屁股。情儿见状不乐意了，对我说："奶奶，你拍弟弟屁股轻点好吗？不然弟弟会疼的。"随即又低头问恒儿："弟弟，屁股疼吗？你没事吧？"恒儿一骨碌爬起来，对姐姐说："我没事，你别担心。"看得听得我都懵了，不知他俩是在演戏还是当真。

保姆阿姨端来蜂蜜白萝卜水给恒儿喝，因为恒儿着凉感冒一直在咳嗽。恒儿用鼻子闻闻，也许闻不惯萝卜的味道，便用手推着阿姨的手拒绝喝水。我赶紧对旁边的情儿说："情儿，你是妈咪，快让你的乖宝宝喝了蜂蜜萝卜水，不然咳嗽不会好的。"情儿听后对恒儿说："乖宝宝，听妈咪话，快喝水，喝了就不咳嗽不流鼻涕了。"恒儿听后，低头一口气把水喝完。情儿说："恒恒真棒。"恒儿说："这是我应该做的。"看着两个小人儿的表情，听着他们的对白，我与保姆阿姨哈哈大笑，情儿、恒儿也跟着我们前仰后合地大笑起来……

1月17日

昨晚，儿子在办公室加班，特地打电话给我说："妈，明早您7点半到我家吧，我们开工作会议，不能迟到的。"于是记在心里，一夜都惦记着，只怕清晨起晚，耽误儿子上班。早上5：30就睡醒了，不敢再睡，在床上翻看手机到6点起床洗漱，6：30便下楼前往儿子家。

寒冬腊月三九天的清晨，天还没亮，小风很犀利。我全副武装，戴着口罩，把羽绒衣上的帽子也戴在头上，用围巾系得严严实实。骑自行车时倒不觉得太冷，只是顺河路上没有路灯，只有借助偶尔路过的汽车灯看路前行。记得路上有几处路面是有坑的，我睁大眼睛，看着路面，只怕骑车骑到坑里摔倒。这把年纪摔一下可不得了，不但不能带孙子还得受罪，心里有点紧张，所以骑车格外小心，速度很慢。还好，因为走此路时间久了，大体知道坑在哪里，所以很顺利地走完了此路段。到未来路一切顺利，路好，路灯也亮，上楼到儿子家看表还不到7点，孩子们还没醒。我脱掉厚厚的羽绒衣，摘掉围巾帽子，坐在沙发上舒了一口气。一天的忙碌从清晨开始。

儿子儿媳相继上班走了，两个宝贝起床洗漱吃饭，上午一起玩耍，做游戏，看绘本。中午哄孩子睡觉，2点多情儿、恒儿睡去，3点半情儿在另一个卧室睡醒喊奶奶，于是抱起哄之，给她喝水吃水果，直到她露出笑脸，安顿好。4点10分喊醒恒儿，喝水喂药，哄之开心。一起玩游戏，听电子琴里的示范曲，一起跳舞，跳累了讲绘本故事直至儿子夫妻回来。宝贝们雀跃着迎接爸爸妈妈，然后共进晚餐。因为恒儿看到我离开会哭，所以我藏到房间里把衣服穿好开门偷偷溜走……

儿子送到门外说："妈，明天不用这么早，7点半到就行了。"我点点头下楼回家……

1月18日
难舍的亲情

中午，情儿像往常一样，午休醒来在妈妈的卧室哭着喊奶奶，奶奶给身边的恒儿掖了掖被角赶紧跑过去，给情儿穿好衣服，抱起情儿坐在沙发上哄之。看看墙上的表，2点半，低头看此时怀里的情儿，像只温顺的小猫咪，头枕着奶奶肩膀，双手搂了奶奶脖子默默地昏睡。奶奶见状，让保姆阿姨拿了一件衣服盖在情儿身上，一会儿情儿真的在奶奶怀里睡着了。奶奶也顺势半倚在沙发上双手搂了她，想等她睡沉些放到床上，毕竟抱着睡情儿不舒服。

20分钟过去了，奶奶抱起情儿走进妈妈卧室，谁知还没放到床上，情儿就大哭起来，无奈奶奶重新抱了她又坐在了沙发上，情儿随即又睡去，就这样睡到3点半，忽然眼睛一睁，在奶奶怀里笑了。奶奶说："情儿，让阿姨削个苹果，用热水泡泡给你吃好吗？"情儿点头对奶奶说："奶奶，昨天情情吃的西瓜，我还对弟弟说，吃姐姐的也可以。"奶奶听了知道她可能做梦了，就说："你能让弟弟吃你的西瓜，真有爱心，弟弟会感激你的，你是个好孩子。"说着低头亲了亲她，说："你等着吃苹果，奶奶去把弟弟喊醒。"喊醒恒儿一起愉快地玩到妈妈回来。

晚饭后，奶奶离开的时间到了，恒儿含着泪对奶奶说："奶奶，你别走。"奶奶也舍不得他，抱起他说："奶奶不走，奶奶喂你喝稀饭。"喂完稀饭，妈妈说："恒恒，跟奶奶说再见吧，奶奶要回家陪生病的爷爷了。"恒儿坐在奶奶腿上，双手捧着奶奶的脸带着哭腔说："奶奶，你别去陪爷爷，陪恒恒好吗？"妈妈说："你有妈妈陪呀，妈妈还给你讲故事。"恒儿索性哭起来。妈妈对情儿说："情情，走，去妈妈卧室，妈妈给你拿大白兔奶糖吃。"说完带着情儿进卧室了，恒儿止住哭声忽然对奶奶说："奶奶，你回家吧，再见。"说完站起向妈妈卧室跑去。奶奶心里酸酸的，赶紧穿衣准备离开，忽然，恒儿又跑进奶奶卧室抱着奶奶说："奶奶你别走。"奶奶低头亲亲他，妈妈在外边对他说："明天一大早奶奶就回来带你玩了，爷爷一个人在家多可怜，让奶奶赶紧回家陪爷爷吧。"恒儿说："好吧。奶奶你走吧，路上要小心，不要摔倒哟。"奶奶走出卧室，向大门口走去，恒儿挥着小手送奶奶，嘴里一直说："奶奶小心哟，路上别摔倒。"奶奶举手与恒儿说再见，随即把大门关上。随着大门"砰"的一声响，奶奶的泪再也忍不住,顺脸而下。奶奶知道,再怎么不舍,该离开时也应离开。回家的路上,奶奶脑子里全都是当年自己的婆婆留下孙子哭着走时的情景……

1月23日
准备过年

几天没回自己家了,今晚回来看到院里灯火辉煌,霓虹灯闪烁,大门口还挂了两盏大红灯笼,一派节日气氛。春节即到,但心依然还留在旧日岁月中,自己好似还没找到要过年的感觉,一切被日子推着往前走。

近日,儿子在公司食堂买了许多做好的熟食年货,儿媳在单位食堂订了馒头,家里便有了些许过年的气氛。看着儿媳天天为工作忙碌,我抽空于前天去给两个宝贝买了过年的衣服,自己觉得还不错。假若儿媳有时间给孙子孙女再买的话,那就穿妈妈买的。儿子还说让我去买游泳衣,说春节找地方去泡温泉。尽管过年我没有家可回,没有父母可陪,但还是希望能与孩子们一起过得祥和、愉快。

1 月 24 日

为孩子们回家过年忙碌

孩子们提出今年要回爷爷奶奶家过年，我俩甚是高兴。晚上回到家忙把他们的床上用品找出来铺好，把被子放开晾晒晾晒，把影响孩子们安全的东西放好。一切收拾停当，已是晚上11点多了。恒儿以前还在爷爷奶奶家夜宿过几次，情儿还没来住过，不知她能不能适应。好在爸爸妈妈跟着过来一起住，应该问题不大。愿一切都顺利，春节吉祥平安。

骑车的恒儿、情儿

1月25日

奶奶输给了恒儿

恒儿流鼻涕咳嗽很久了，中间反复着凉，至今还时不时地咳嗽一大阵子，奶奶爷爷怕肺里有问题，今天带着他到社区医院看了看。大夫说肺里没事，只是喉咙有点发炎，随之开了阿奇霉素颗粒、小儿肺热颗粒，叮嘱饭后吃药。

在路上，恒儿就嚷着要吃药，奶奶告诉他中午饭后才能吃，他很乖，一路无事。

饭后，奶奶把两种药掺到一起，用温水冲好。恒儿兴冲冲地接住奶奶用汤勺送到嘴边的药液，一喝是苦的，立马转身就走，不管奶奶怎么说，就是不再喝了。无奈，奶奶把药偷偷放进奶里，他只喝了一口，就对奶奶说："这不是奶。"奶奶说是奶，他摇着头说"不是，不是"，让奶奶重新去给他沏奶。奶奶算是服气他了，无奈只好重新给他沏了奶。忙乎半天，药还是没喂进去。

1月26日

全家泡温泉

要过年了，儿子夫妻请我们去泡了温泉。两个宝贝玩得很开心。情儿特喜欢玩水，套了救生圈在水里游来游去，不愿出来。恒儿开始下水玩得还行，不一会儿就哭开了，闹着上来，只好带他去三楼儿童乐园玩耍。虽然他不太强壮，但对于攀爬项目却很在行，像个小猴子似的噌噌几下一会儿就爬到高处了，然后走独木桥（两边有护栏），到滑梯下来，玩得不亦乐乎。我们轮流泡温泉，陪孩子玩。中午吃自助餐，下午5点多回到奶奶家，全家都很开心。

1月27日
猴年最后一天

今天是大年三十，是猴年的最后一天。

上午小夫妻俩带孩子去游乐场玩，我们老两口在家准备午餐，做了六个菜，其中有故乡菜油炸莲藕夹，孩子们挺喜欢吃。晚上按传统习俗包饺子，于是，当年奶奶、妈妈围在老家厨房包饺子的情景不断在脑海闪现。我在心里默默地祈祷祝福，愿逝去的亲人在天堂过得好。再看看在客厅开心玩耍的情儿、恒儿，我知道再怎么难过，逝去的亲人也不会回归。人就是这样一代代传下来的，人生苦短，应珍惜每一天，珍惜当下的拥有才是。

看情儿、恒儿在奶奶家无拘无束玩得那么高兴，生活也很规律，我们老两口很觉欣慰。看手机上，朋友们的祝福不断，猴年就在亲人朋友们的祝福中送走了，现在以愉快的心情迎接鸡年的到来……

1月28日

大年初一的幸福生活

今天是大年初一，是鸡年的第一天，上午去看望了两位老人，看到她们都八九十岁了，说话依然很有条理，很替她们高兴。这是她们自己的福气，也是她们子女的福气，自己不受罪，也不给孩子添麻烦，真是幸福之人。我在心里默默地祝福她们新的一年身体依然健康，也希望自己将来也能这样，随之又想起了自己的父母，眼里便有了泪……

中午为孩子们准备了午餐，儿子夫妻带着孩子也来一起过年，一家人坐在一起其乐融融，很是开心。

下午儿媳加班（她真辛苦），我们老两口与儿子一起带情儿、恒儿去大卫城玩耍，晚餐吃了带芝麻酱的热干面，两个孩子很高兴。

晚上回到家，在同村小马哥的帮助下联系上了四十多年没见面、没音讯的同村姑姑。她是那个年代恢复高考后我村第一个被推荐上大学的知青，我是第二个。我们通了电话，她告诉我找我找了好多年、好多次，今日总算联系上了，彼此都很激动，共同回忆了当年一起在村子时发生的许多事情。她说她写了许多关于村子里的事，因为她比我大5岁，所以村里发生的事情她经历得更多、更清楚。她的书还没出来，听她讲内容，我已经很想看了。祝愿她的书今年能出版，我会拜读学习且一定是先睹为快。

夜10点半给孙子洗漱上床休息，11点恒儿入梦，我开始做自己的事：回复朋友们的新年祝福，拜读我们公众号今日的内容，写留言转发，然后敲日记至此。忙碌的一天，鸡年的第一天就这样过去了，明天去开封看我的姑母……

1 月 31 日
孙辈，晚辈的生活

上午带情儿、恒儿去了万象城游乐场，这里游乐场景大、项目多，孩子们在里面玩得开心极了。他们真是赶上了好时代，享受到了现代化带来的愉悦，有一个幸福的童年，不像我们那一代人童年那么苦，很为他们感到高兴。

今晚见到了山东老乡更是老同学，一起共进了晚餐，很开心。共同回忆了学校生活，谈及了当年一些同学的近况，谈得最多的就是注意身体。这个年龄段是身体容易出问题的阶段，为了自己有个质量好的晚年生活，必须注意了：注意劳逸结合，注意饮食，注意情绪，总之要自己保重身休。临别还约定夏天带孙子一起去海边玩耍，但愿能成行。

1 月 31 日

春节假期间情、恒姐弟生活内容丰富，多姿多彩。

一起玩玩具

泡温泉

开游乐车

游泳

2月2日

拍全家福

今日去艳芳照相馆拍了全家福，穿了民国时期的服装，有点怀旧的味道。摄影师拍了100多张，做相册只需12张，于是删除了许多，最后选了19张。两个孩子基本还算配合，今日过得挺开心。以后每年过年都应拍一张留作纪念，能直观地看两个孩子长高长大，看我们渐渐变老，想想也是一件很有意义很有意思的事。

今天大年初六，明天春节假期结束，儿子夫妻该上班了，保姆也该回来了。旧日的生活需继续，直到9月1日孩子入托。

母子

六口之家

四口之家

2月4日

孩子们听话了

春节假期结束，儿子夫妻开始上班，陪孩子玩的任务我们老两口依然承担在肩，很自然地进入角色。早上赶在他们上班之前到，晚上吃完晚饭回自己家，不适应的是情儿、恒儿。假期爸爸妈妈陪着玩，陪着吃、睡，好不开心惬意，现在睡醒睁眼看不到爸妈，只有爷爷奶奶、阿姨陪伴，于是大哭要要爸妈。特别是老大情儿，中午午休醒来都要大哭一场，爷爷奶奶百般劝慰才能哄住。昨天中午哄好她，看她开心地玩耍了，奶奶就对他们说："从今天开始爸妈要去上班工作，除了晚上陪你们，平时就是爷爷奶奶陪你们玩了，你们要乖乖的，别哭闹着要爸妈。你们就是再哭再闹，爸妈在上班时间也不会回来陪你们的，不如不哭，与爷爷奶奶一起玩，等爸妈回来。"情儿、恒儿听后一起说："知道了。"今天中午，情儿睡醒还真的没再哭闹，很开心地与弟弟、爷爷奶奶一起玩耍至爸妈回来。

平时，情儿、恒儿相互抢对方玩具的现象时有发生，今日情儿见弟弟拿了一个小布猴，上去就抢。恒儿抱紧不放，两人扭在一起啊啊乱叫，奶奶赶紧上去拉开，告诉他们不要抢，要商量。情儿赶紧对弟弟说："弟弟，你先玩一会儿，一会儿咱俩再交换好吗？"恒儿立马说："好的，我一会儿给姐姐玩。"于是情儿玩毛绒小马，恒儿玩小布猴子，玩了一会儿情儿说："弟弟，交换吧？"于是交换，没有再抢。孩子们开始懂事了，欣慰。

2月7日

恒儿的午休游戏

一般情况下，情儿、恒儿姐弟俩中午是要午休的，但偶尔也有不睡的时候，比如今天中午，恒儿怎么也不想睡觉，于是就让奶奶配合他做各种游戏。

首先，他乖巧地抱住躺到床上的奶奶亲吻一下，然后说："奶奶，别睡觉，恒恒给你做西红柿鸡蛋面条吧。"奶奶说好吧。只见小人儿从床上爬到飘窗窗台上，从玩具箱里拿出切菜的小木板、木制切刀、各种蔬菜玩具，开始忙乎，然后又假装炒菜。一会儿只见切菜的小木板上放着西瓜、胡萝卜、窝窝头、玉米、猕猴桃，恒恒端着放到奶奶跟前说："奶奶，饭好了，请吃吧。"拿起西瓜玩具给奶奶说，"先吃西瓜吧。"奶奶伸手接住，夸恒恒说："恒儿，你真棒。这么快就给奶奶做了这么多好吃的。奶奶谢谢你。"说完就假装吃起来。"奶奶不客气，这是我应该做的。"看着恒儿认真的样子，奶奶只想笑。

给奶奶做了饭，又把各种形状的小积木摆在床上玩，一会儿摆了一个造型，问奶奶这是什么呢？奶奶说是城堡，恒儿说自己是王子，姐姐是公主。一会儿又垒一个造型，奶奶说是飞机，恒儿就站起来学飞机嗡嗡的声音，说飞机上天了。一会儿又摆一个造型，奶奶说是高楼，恒恒说是奶奶家，并说想去奶奶家，想跟奶奶一起睡大床，墙上有爷爷奶奶的大照片，爷爷指着天上说："你看飞机，飞机。"奶奶说："在哪里，在哪里呢？"说得奶奶大笑不止。

一会儿又把他的小汽车摆在枕头上，把相同颜色的小汽车放到一起，说大一点的是汽车妈妈，小的是汽车宝宝。有一辆蓝色的小车，没有蓝色的车子配，恒恒假装伤心地说："这个小车真可怜，它没有妈妈了。"奶奶看他难过的样子，赶紧从玩具箱里拿出一辆橙色的小车说："让它当蓝色小车的妈妈好吗？"恒儿摆着手摇着头说："不行不行，他们颜色不一模一样，橙色小车不是蓝色小车的妈妈。"奶奶正为难呢，客厅传来情儿与爷爷的说话声，恒儿忙说："姐姐睡醒了，咱们出去和姐姐爷爷一起玩吧。"于是中午的游戏结束，奶奶帮恒儿穿鞋下床到客厅，姐弟俩下午的游戏便开始了……

2月8日

生活动力

今晚，妈妈加班回来晚，奶奶留下带恒儿睡觉。

熟悉的房间，熟悉的环境，恒儿很乖地接受奶奶的陪睡。

给他洗漱完，祖孙同时躺下，恒恒捧着奶奶的脸，亲了又亲。奶奶说："恒儿，你给奶奶那么多爱，奶奶谢谢你。"恒儿用小手抚摸奶奶的脸，又给奶奶一个甜甜的吻。奶奶给恒儿捏捏脊，恒儿依偎着奶奶很快进入梦乡。

前几天，爸爸就曾关心地对奶奶说，天冷，让奶奶住下，但奶奶觉得一个人睡在曾经与恒儿同住的房间里，虽然有暖气还是觉得冷，所以一直没住下，坚持每天早来晚回。今晚能再次与恒儿同住，奶奶心里倍觉温暖，这就是生活的动力呀。

2月14日

姐弟模仿敲"架子鼓"

今天上午我一个人带着两个孩子在家玩耍，一会儿讲故事，一会儿带孩子一起玩玩具。孩子们一会儿骑车，一会儿扔气球，一会儿看动画片，玩得挺开心。

我们正坐在沙发上看动画片巧虎呢，爱动脑筋的情儿忽然站起跑到餐桌边搬来餐凳，用手敲起来。她说："奶奶，我在敲鼓呢。"恒儿一向跟着姐姐学，于是也效仿姐姐搬来凳子敲起来。敲了一会儿，情儿让弟弟停下，又去搬来一个凳子，自己站在两个凳子之间敲起来，弟弟也学之。玩了一会儿，情儿又让弟弟停下，随手把弟弟的一个凳子拉过来，并让弟弟过来站她对面，指挥弟弟一会儿敲一个凳子，一会儿敲两个，一会儿又伸开双臂敲三个，两个人边敲边开心地大笑，还挥手给奶奶致意。看着他们开心的模样，我由衷地发出赞叹：孩子们的创造力与想象力不可低估，我举起双手伸出大拇指给他们点赞。

其实，日常生活中，在孩子眼里什么都可以成为玩具的，只要没危险，尽可由他们玩，只要他们开心快乐就好。

3月1日
孩子成长路上的趣味游戏

敲下这个日子，才发觉2017年已走进了春三月，两个宝贝快三岁了。随着日月的流逝、季节的更替，孩子们在长大，无论语言还是行动都在进步，会背诵诗词，会唱儿歌，会说令人感动的话语，时不时地对爷爷说："我爱你"，会双手捧着奶奶的脸对奶奶说："奶奶我很喜欢你。"

今天午休醒来吃了香蕉，恒儿还想吃，奶奶告诉他："香蕉很凉，不能多吃。吃多了，肚子会受不了的。再说了，晚饭阿姨会做许多好吃的饭菜，你吃多了香蕉，饭就吃不下去了。"情儿在一边也一本正经地对弟弟说："阿姨做好饭，没人吃，阿姨会难过的。"2岁10个月的小姑娘懂得体谅别人的感受，这令奶奶感动。

现在陪两个宝宝玩耍，需要趣味性多些，他们才开心、乐意。比如，今天奶奶和他们玩开飞机的游戏，奶奶在前面伸开双臂，嘴里学着飞机嗡嗡的声音，左右翻飞，两个宝宝跟其后效仿。一会儿，情儿忽然蹲下说："我没油了，飞不动了。"于是奶奶与弟弟赶紧停下，假装给她加油。一会儿情情站起来说："好了，油加满了，飞了。"接着继续跟弟弟、奶奶一起在客厅里飞。恒儿一会儿也学姐姐蹲下，说自己飞机没电了。姐姐、奶奶停下，用手指头戳到他身上假装给他充电，一会儿恒儿站起说电充好了，祖孙仨游戏继续。再如，把凳子连一起玩坐火车游戏，要穿大山洞，过大河，爬高山。孩子们会根据路况的不同说一些有趣的话，比如过大河，就说看到船了；过大森林，说森林里有狮子老虎，还有捣蛋鬼狐狸等。就这样想着法子玩，孩子们玩得愉悦，玩得尽兴。

冬天天冷在家这样玩，春天天暖和了就要去户外玩耍，内容会丰富些。总之希望孩子有快乐的童年，爷爷奶奶有开心的晚年。

3月3日

生长过程中的小毛病不能过于关注

今天去人民医院给恒儿看了眼，经检查一切正常，欣慰。只是他平时总爱用手在面部糊拉一下，怕是眼有问题，眼疾排除后又挂了儿科。大夫讲是下意识的动作，不用特别关注，自己会好的。

前一段恒儿说话有点口吃，也没有怎么管他，近段好了。看来孩子在生长期出一些小的毛病也是正常的，不用专门纠正，越提醒他反而越会加重，不管他，反而自己会纠正过来。

3月8日

快乐的三八节

三八节，日子与往日没什么不同，依然是陪孩子们玩耍。要说与往日不同的话，就是得到了好友的问候及祝福。我也问候了好友，送去了祝福，儿子及众文友还打赏了红包，数字都很吉祥。

上午与夫君带孙子孙女去了紫荆山公园，先到梦溪园赏鱼，两个孩子看到碧水中，各色鱼在自由自在地游动很是喜悦，便指着鱼群说："奶奶，你看，红色的鱼，还有黑色的鱼，许多橙色的鱼，黄色的鱼。"很为他们颜色分辨能力这么强而高兴。

一会儿，爷爷买了鱼食，分给情儿、恒儿，姐弟俩一边喂鱼一边说："你们好好吃吧。"恒儿指着一条很大的金黄色的鱼说："奶奶，你看，那个大鱼是妈妈。可是，她的宝宝在哪里呢？"情儿则看着鱼群指着一条从远处游过来的金色的小鱼喊："弟弟，你看，鱼宝宝来了，那是她的鱼宝宝。"恒儿看后拍着手说："鱼宝宝来找妈妈了。"看着孩子们高兴的神色，很为他们的善良本性及爱心感动。我忘情地抱住情儿、恒儿，轻轻地吻了他们的脸颊，他们也笑眯眯地还给我一个吻。

下午，妈妈休息，带着情儿去办事了，留下恒儿与奶奶一起在丹尼斯观赏商品。忽然，恒儿指着正在放映动画片的电视机荧屏说："奶奶，看，小飞侠。"于是走过去站在荧屏下看了一会儿。恒儿看得很投入，一会儿说："奶奶，你看小飞侠飞起来了。"一会儿又喊："奶奶，小飞侠掉水里了。"看他如此喜欢小飞侠，我立马决定给他买一个。他听了很高兴，我问他喜欢什么颜色的，他答红色。我让他挑一个，他立刻在众多的玩具中抱起那个里面盛着红色小飞侠的盒子，催我去付钱。我付钱后他就一直那么抱着，牵着我的手往家走。见到爷爷高喊："爷爷，红色的小飞侠，奶奶给我买的。"爷爷给他取出来，他就拿着爱不释手地把玩，一会拿着小飞侠让它飞，一会让小飞侠像机器人那样走路，那种满足、那种喜悦是发自内心无法形容的。看着恒儿如此开心，我也很高兴。其实很多时候，商品不在贵贱，只要换来精神上的愉悦，有利于身心健康，令孩子喜欢，这东西就买得值。

3月17日
小爱飞侠

儿子，我不是惯孩子，是我觉得恒儿的要求不过分，所以买了玩具。当他拿到自己喜欢的玩具时，那份欣喜、那份满足是金钱买不到的。一路都自己拿着走回家，问他累不累，他答不累。今天晚上与他告别，还问玩具为什么叫小爱。我告诉他，就是像奶奶爱你一样，所以他叫小爱，恒儿点点头挥手说再见。记得你小时候，爸妈工资只能养家糊口，所以很少给你买玩具。那个年代变形金刚那么流行，爸妈都没舍得给你买，你很懂事不闹着要，但妈妈觉得挺亏欠你的，所以我不想让恒儿的童年留下遗憾。

3月24日

累并幸福着

今天晚上回到自己家，二话没说躺到沙发上就睡着了，醒来已是10点。洗漱完毕躺到床上却没有了睡意，想想今天也确实累了。

上午带孩子们去了公园，孩子们很开心，走路有点多了，脚后跟开始噘噘地疼痛。本来中午可以与恒儿一起午休歇会儿的，但赶上恒儿不困，一直兴奋地玩耍，我便陪之。2点半情儿午休醒来，便带他们一起玩耍。孩子们大了，有了自己的思想，情儿带头脱鞋，恒儿跟着姐姐学，赤脚在地上嘻嘻哈哈地跑起来。我跟在孩子身后好言相劝，说地上不干净，会把袜子踩脏，地板凉，天冷会把脚冻坏的，怎奈两个孩子谁都不听。我逮住一个穿好鞋，还没等给那个穿好，这个又脱掉了鞋子。就这样，来回几个回合，累得头晕了一会儿，歇息片刻，缓过劲来让孩子们喝水，这场闹剧才收场。

最近时常觉得胸闷，自己真的是老了，六十多岁与五十几岁感觉确实不一样。带孩子外出玩，孩子们跑起来都追不上了。明天儿子夫妻都要加班，我们还得坚持照看孩子。

4月8日
与恒儿同宿

孩子妈妈出差了，夜晚，奶奶留下陪恒儿睡觉。

晚餐后，奶奶、爸爸、情儿、恒儿一起看动画片，恒儿看看窗外的天对奶奶说："天黑了，奶奶你不走了吗？"奶奶点头说："是的，妈妈出差了，今晚奶奶不走，留下陪恒儿睡觉，好吗？"恒儿说好，并催奶奶说："奶奶给我喝奶咱们睡觉吧。"爸爸对恒儿说："看会儿《小P优优》，再去和奶奶睡觉好吗？"于是继续看动画片。一会儿，恒儿忽然走到爸爸跟前说："爸爸，恒恒跟爸爸睡觉可以吗？"爸爸说："可以的。可是奶奶一个人睡觉多孤单呀，恒恒陪奶奶睡好吗？"恒儿说好。

晚8点半，给情儿、恒儿洗漱完毕，恒儿跟奶奶到卧室躺下，喝奶后要小飞侠，奶奶拿之；要奶奶讲《咕咚》的故事，奶奶讲之。恒儿渐入梦境，奶奶也把自己哄睡了。

零点，奶奶醒来，朦胧月光中，恒儿呼吸均匀，小脸很是安详。奶奶给恒儿掖掖被角，摸摸恒儿的面庞，一股暖流在心头弥漫。这种感觉久违了，自从孩子妈妈接手晚上带恒儿睡觉也有半年多了，恒儿已适应与爸爸妈妈一起睡。望着熟睡中恒儿姣好的面庞，奶奶由衷地祝福恒儿，幸福一生，今夜好梦……

4月17日

情儿、恒儿三岁生日

今日是情儿、恒儿的三岁生日，因妈妈出差，16号全家就开始为他们姐弟庆祝生日了。今天我们老两口又带他们过了开心的一天。

恒儿是个汽车迷，还特别喜欢大公交车，每当爸爸开车带他们姐弟出去，走到街上看到公交车，恒儿就会激动地指着车窗外大喊："看，大公交。"所以今天我老两口决定带他们坐公交，体验坐公交车的愉悦。从未来路家门口坐 B1 路车，坐一站到燕庄地铁口乘地铁去紫荆山公园。

在公交车上情儿、恒儿很开心，恒儿坐在我怀里还亲亲我说："谢谢奶奶带我坐公交车。"我说："不客气，今天是你和姐姐的生日，爷爷奶奶就是让你们开心呀。"恒儿说："坐大公交车恒恒很开心。"说着话车到站，下车后恒儿还挥挥手对公交车说："大公交，再见。"情儿则说："奶奶，我要喂鸽子。"于是，我们从燕庄地铁站乘坐地铁去紫荆山公园喂鸽子，以满足情儿的心愿。

进得地铁站，通过安检，爷爷给情、恒讲坐车的安全常识，让情儿、恒儿知道乘车不可以带易燃易爆物品。上车需买票。

上车后，有年轻人给我们让座，情、恒很有礼貌地说："谢谢叔叔阿姨"，我赶紧竖起拇指为他们的行为点赞。

到公园后，爷爷买了喂鸽子的食物，两个孩子很开心地喂食。情儿蹲下身子很温柔地对鸽子说："小鸽子，你好漂亮。你不要害怕，来吃吧。"有几只鸽子还真是从她的小手里叼食吃。恒儿胆小，只是把食物撒到地上看鸽子吃，还跟着鸽子在草地上撒欢嬉戏。我忙告诉恒儿，不可以踩小草，因为小草是有生命的，它会疼的，要爱惜小草。恒儿很快走出草地，姐姐进草地，他就高声地对姐姐说："姐姐，别踩小草，它会疼的。"

喂过鸽子，又到了紫荆山公园东院，坐了各种游乐车，孩子们一直很兴奋、很开心。

中午与爸爸、爷爷奶奶共进午餐，看着两个可爱孩子的笑脸，我想：假若现在他们已有记忆，愿情儿、恒

姐弟亲

儿能记住三岁生日爸爸妈妈、爷爷奶奶给予他们的爱及快乐。愿今后的岁月里，情儿、恒儿在全家亲人的呵护关爱下身心健康，快乐成长。

三岁的姐弟俩

4 月 20 日

有人需要自己陪伴是幸福的

昨天在客厅玩耍，恒儿忽然搂着我的脖子在怀里撒娇，并小声问我："奶奶，你今天不走吧？你能陪我吗？"我赶紧说："奶奶不走，陪你玩，陪你睡觉好吗？"恒儿立刻双手抱住我的脸亲了又亲。我在心里说：孩子，只要你需要，奶奶就会陪你，感谢上苍，还有人需要我陪伴……

4 月 23 日

快乐周末

周末，上午儿子去办公室加班，下午与我们老两口一起带孩子玩耍。

周六下午去了东区的会展中心如意湖畔，与孩子们一起放风筝。两个孩子拉着风筝线跑着跳着一脸的欣喜，看着他们尽情地撒欢嬉戏，发自内心地欢笑，我们老两口尽管很累，我的脚站久了还疼，但还是觉得很开心。特别在回家的路上，坐在车里，当爷爷奶奶问他们玩得开心否，情儿、恒儿齐声回答："开心"，并忘情地搂着爷爷奶奶的脖子撒娇亲吻时，那种发自内心的幸福感弥漫心田，顿时劳累全无。

星期天下午又去了万象城的游乐场，儿子让我夫君坐在场外休息，他与我带孩子们进场游玩。

进得场内，儿子说："妈，咱们坐在这里看着他们玩就行，让他们自由活动，锻炼锻炼。"我还是不放心地不时去找找看看情儿、恒儿。

情儿很快融入场内，各个场地都去跑跑玩玩，还跟别的小朋友一起说话交流，忙得不亦乐乎。恒儿则不然，手里拿了许多玩具，始终不肯离开我与爸爸的视线。我鼓励他去与别的小朋友玩，他才拿着玩具与身边一个比他大些的小男孩玩起来。那个小男孩很厚道，与他说话，帮他组装火车，带他玩，另一个男孩却过来抢恒儿的玩具，还恶狠狠地瞪着恒儿。恒儿很胆怯地跑到我身边，委屈得想哭，我忙安慰他："不要紧的，那个小哥哥不是带你玩得很好吗？遇到不友好的小朋友，你要勇敢，别怕，然后给他讲道理，再不行就跑开，别理他。"恒儿说："奶奶，我知道了。"说着跑去同对他好的小哥哥玩。看着恒儿，我的心揪着疼，恒儿要长大，会像爷爷奶奶、爸爸妈妈一样地面对社会，面对人生中的不平及坎坷，愿他能勇敢，能坚强，有智慧地去面对，去生活……

回到家已是晚上 8：30 了，帮他们洗漱完毕躺到床上，恒儿很快进入梦乡，直至这会儿还在酣睡。

当清晨一轮红日升起时，新的一周又开始了，愿此周美好依旧……

4月27日

囧事

今天要带情儿、恒儿去幼儿园报到，孩子们对新的环境充满了好奇与期待。离正式入园还有数月，愿他们顺利度过不适应期。

自己真的是老了，近日做事总是出错。

昨天就想着要把孩子收拾得利利索索的，好给老师们留个好印象。自己也收拾得像样点，不能像平时带孩子一样穿得那么随意。

吃过早饭，儿子夫妻请了假，一家六口收拾好按时出发。到了目的地，一下车，觉得自己左右脚走路感觉不一样，低头一看，真是无地自容，两只鞋竟然不一样，左脚上的是棕色的鞋，右脚上的是紫红色的鞋，忙乱中，竟然穿错鞋了！媳妇看了安慰我说："没关系的，不会有人注意的。"再回家换是不可能了，无奈，只好硬着头皮带着孩子跟着一家人前行。

到了院内，队伍已经排很长了，儿子、夫君去排队，我与儿媳带两个孩子在院里玩耍。情儿、恒儿不知奶奶的囧情，直往人多的地方跑着玩，我也只好就穿着两只不一样的鞋在大庭广众之下随孙子来回地奔走，一直到一切事情办妥回到家中，才长出一口气。保姆在家打扫卫生时就发现我穿错了鞋，回来见我第一句话就说："阿姨那么讲究的人，怎么会出这种错呢？"我哭笑不得，无言以对。

前几天给孙子沏蜂蜜水，明知盛蜂蜜的瓶子上有一个小小的盖子，我还是拿起就往杯子里倒。儿媳见状提醒说："妈，上面有个小盖子呀。"才想起来，平时是先把小盖子拧下来才倒的，不知那会儿犯什么糊涂。

唉，我已老矣！人老是如此的可怜可悲！

6月11日
情儿、恒儿杏、桃林之行

情儿、恒儿第一次与杏林、桃林亲密接触。

今天上午应发小夫妇之约，全家带孩子们一起去郊区杏林、桃林采摘。他们第一次见到这么多黄黄的杏儿、红红的油桃挂在树上，而且可以自己采摘，尽情地品尝，开心极了。

杏林旁边有一菜地，菜地里不时有蝴蝶起舞。恒儿追逐着蝴蝶，咯咯地笑个不停，情儿则东一个、西一个地采摘着熟透的杏子、桃子，放到爷爷提的兜里，一脸的笑意像极了灿烂的花朵。当爸妈说要离开桃林、杏林时，他们很是不乐意。第一次在杏林、桃林流连忘返，他们感到了大自然的奇妙；第一次尝试了自己劳动后得到的物质享受及精神愉悦，我想，假若他们有记忆的话，一定会记住童年这个夏天的杏林、桃林及陪伴他们一起采摘的亲人的……

6 月 12 日

智慧从学习开始

做人从感恩开始，

改变从早起开始，

智慧从学习开始，

幸福从微笑开始。

阳光心态，

幸福生活从早起学习开始。

滴水穿石不是水的力量，是坚持的力量。

情儿、恒儿在看画册

7月4日

幼儿园是迈入社会的第一步

周日，去参加了幼儿园新生家长专题讲座，讲座的题目是《让孩子快乐，让家长放心》，听后受益匪浅。

主讲生老师（好少见的姓氏）讲得很认真，大家听得也很认真。听课的除我们老两口，全都是孩子的爸爸妈妈们，但我做了现场"直播"，老师一边讲，我一边用微信把内容图片发给在上班的儿子夫妻，让他们随时知道老师讲的内容，以弥补没到现场听讲座的遗憾。

生老师讲了新生入园须注意的许多事项，让我真的体会到了孩子从家庭步入幼儿园是迈入社会的第一步，这一步对他们习惯的培养、人格的培养，都是很重要的一步，因此需要走好。

生老师讲，为了让孩子走好这一步，幼儿园对孩子的精神教育及物质给予都做了充分准备，这让我很欣慰。生老师还告诉我们，她们干的工作是良心活，这种比喻很朴实，让我感到亲切安心，这比喊多少口号都令家长们放心。为了知道孩子入园后是否有成长、进步，她们会定期给孩子们量身高，检查血色素等，并举办各种项目技能的汇报演出。

幼儿园里的大夫还讲了新生入园后会出现的一些思想问题及生理疾病，这给我们打了预防针。我们须现在就开始对孩子进行一些生活习惯、自理能力的训练，以让孩子入园后能尽快适应新环境带来的不适，并让孩子知道：入园后不能想做什么就做什么，要在老师指导下与小朋友一起学习做游戏，要有集体观念。

幼儿园的大夫还谈到孩子初入园会哭闹，这种对家长的心理依恋不是讲道理所能解决的，必须靠时间及家长的配合解决。例如，送孩子看到孩子哭，要"狠心"离开，不能抱着孩子不放，那样孩子会哭闹得更厉害，依赖情绪会更重。孩子入园后，家长要关注天气预报，及时给孩子增添衣物。周末不暴饮暴食，不过度玩耍，以免孩子生病。并建议多带孩子去户外活动玩耍，不提倡去游乐场，因为游乐场消毒不严，空气不好，会影响孩子身体健康。

这样的讲座很受家长欢迎，最后大家报以热烈的掌声。

7 月 16 日

惬意周末

今日周末，孩子妈妈依然很忙需要加班。爸爸在网上搜了一下，决定与爷爷奶奶一起陪情、恒到中牟县的雁鸣蟹岛游玩。

到了一看，才知道这里是当年的黄泛区，有着高低不平的地貌，现在被商家开发成了旅游度假村，是天然的游乐场。

只见高高的沙岗上长满了洋槐树，华盖如伞，树荫照水。低洼处蓄水变成了湖，湖边修建了树屋，供游客居住留宿，还在树荫下修建了小型动物园及各种儿童喜欢的娱乐设施，比如旋转木马、小火车等，还利用天然资源沙修建了沙滩、露天泳池，看后很佩服商家眼光的独到。

此时正是暑假，今日又是周末，停车场已爆满，树下、湖畔、沙滩、泳池到处都是游人。

我们牵着情、恒的手，漫步各个场所。情儿、恒儿对动物很感兴趣，先看了猴子，但因猴子很厉害地对孩子龇牙咧嘴地大叫，恒儿有点害怕，所以很快就离开了。我们带着他们去看梅花鹿，站在护栏前恒儿高喊："梅花鹿，你们好呀。"那梅花鹿很乖地向他们走过来，于是情、恒拿了青草喂之。情儿指着蹦蹦跳跳在撒欢的小梅花鹿说："爸爸你看，那梅花鹿宝宝真可爱。"奶奶发觉不远处有孔雀，便带着恒儿去看。恒儿说："孔雀尾巴真漂亮。"旁边有山鸡笼子，里面除有几只漂亮的山鸡外还有几只土鸡。一只大公鸡看到恒儿，竟然仰着头大叫，恒儿也学着鸡的样子，倒背着双手，弯着腰伸着脖子学公鸡叫，学得惟妙惟肖。情儿闻声与爷爷爸爸也过来，情儿也学着弟弟的样子学公鸡叫，引得我们开怀大笑，但遗憾的是，没能看到孔雀开屏。

按照路牌的指示，我们走到了露天泳池，有许多小朋友在家长陪伴下游泳嬉戏，就决定带情儿、恒儿去体验。

买好票，爷爷爸爸带着情儿在前面走，恒儿与奶奶紧跟其后。也许恒儿开始没弄明白进去干啥，于是便问奶奶进去玩什么，当奶奶告诉他进去游泳后，他立刻松开牵着奶奶的手撒开脚丫子往外就跑。奶奶赶紧追了出来，恒儿说："我不要游泳，我怕水。"自从春节去泡温泉后恒儿就开始怕水了，平时爸妈一说带他们去游泳，情儿会欣然答应，而恒儿则会坚决拒绝，也许是泡温泉时他曾晕水因此而怕水。此时奶奶只好随他出来，带他去玩别的项目。情儿则与爸爸一起在水里嬉戏玩耍，直到吃午饭才上岸。

中午，爷爷在水上餐厅点了小酥肉、炒柴鸡、素炒茄子、炒丝瓜，还有松仁玉米，主食要了米饭、手擀葱花面、西红柿鸡蛋汤。饭菜上桌，恒儿吃米饭吃菜吃肉，情儿吃面条吃菜吃肉。两个人也许饿了，连话都不说，低头大口地吃，不像在家里吃饭那么难，看得爷爷奶奶直说："孩子玩得真是饿了。"恒儿抬头看看奶奶说："好吃，好吃，真好吃。"我们也忙举筷吃了起来，一尝，几个菜做得还真是味道鲜美，葱花面做得也很好吃，老板还送了西瓜，一顿饭吃得很可口惬意。

饭后已下午2点多，我们坐车返程，恒儿坐在奶奶怀里说："奶奶，我今天很开心。"奶奶亲亲恒儿，情儿则很享受地躺在爷爷腿上，一边吃棒棒糖一边学公鸡叫，逗得我们哈哈大笑……

7月29日

午休故事

午休时间，恒儿一点睡意也没有，一会儿玩玩具，一会儿让奶奶讲故事，玩得越来越兴奋，奶奶就一直陪他，还启发他自己讲故事。面对奶奶坐着的恒儿一脸的认真，于是故事便开始了："一天，恒恒看到一个雪怪，他有大大的眼睛，"说着双手握空拳放到眼睛上，"还有翅膀。（恒儿把双臂伸开，做飞行状。）他还喵喵地大叫。恒恒看见，回头就跑，恒恒跑呀跑呀，看到奶奶，就跑到奶奶后面了。"奶奶问他："你是不是害怕雪怪？"恒恒点头接着讲："一个哥哥，拿着金箍棒用劲打雪怪，雪怪尾巴被哥哥打断了。"说着摸摸自己的屁股，满脸凄楚地说，"雪怪再也没有尾巴，也回不了家了。"奶奶说："雪怪是怪物，就像大灰狼一样让人害怕，哥哥打了他，他就跑了，不吓你了，你不用难过。"恒恒说："可是他很疼呀。"奶奶看他那么投入自己的故事，赶紧拿玩具逗他开心，转移他的注意力。一会儿他又指着墙上妈妈贴的字画说："奶奶你看，那些字是：爸爸妈妈加班不回来，爷爷奶奶、阿姨陪我们。"奶奶知道他在想念爸爸妈妈，就安慰他说："爸爸妈妈工作太忙了，晚上就回来陪你们了。爷爷奶奶陪你们，你们不开心吗？"恒儿说："多好呀。"看着他天真的笑脸，奶奶夸他："恒儿真懂事。"他调皮地伸伸舌头说："奶奶，都 11 点了，该起床了。"奶奶看看手机说："不是 11 点，是下午 3 点半了，咱们起床去客厅玩吧。"

8月16日

情儿、恒儿第一次与大海亲密接触

今天，我们老两口与儿子一起带情儿、恒儿来海南玩。上飞机前恒儿问奶奶："飞机会摇晃吗？"奶奶告诉他，飞机开起来很稳，他说他不害怕了。

与姐姐一到飞机场，看见什么都好奇激动。一直到登机飞到天上，情儿说："我这回是从天上往下看了。"恒儿望着机窗外的白云说："奶奶，你看，云彩好漂亮呀。"两个孩子表现还不错，一路没闹。

儿子在网上订了香格里拉大酒店，离海边300米。放下行李，两个孩子午觉都不睡就去了大海边。恒儿本来是很害怕水的，在家时，爸妈总是带情儿去游泳，恒儿坚决拒绝游泳。在路上我们一直不提到海里游泳的事，见了大海，情儿不用爸爸爷爷喊直接光脚丫子下到水里，恒儿也跟着下水玩了起来，两个人与爸爸爷爷在海里跑来跑去，追逐嬉戏，一会儿就把衣服全弄湿了。恒儿也不怕水了，两个人玩得更嗨了。情儿干脆趴到水里做游泳状，恒儿也学姐姐，还咯咯咯咯笑个不停。见他们这么开心，我们也很高兴。

傍晚了天有点凉，怕他们着凉感冒，我们决定带他们回酒店，他们才恋恋不舍地回来。赶紧给他们洗澡换衣服，在酒店共进了晚餐。

今天过得很开心，唯一遗憾的是，虽然孩子妈妈也在海南出

情儿、恒儿在大海里

差，但因工作忙，抽不开身，没能赶过来一起吃饭。我们一起祝她工作顺利，尽快完成工作任务，早日与我们一起团聚游玩、回家。

8月31日

童年的伙伴

一起长大的小伙伴：恒儿、情儿、小蜻蜓

9月4日

情儿、恒儿开始新生活

今天，2017年9月4日，是个值得纪念的日子，我们的宝贝情儿、恒儿要告别爷爷奶奶、爸爸妈妈步入幼儿园接受社会教育，过集体生活了。

几天来心里挺难受的，三年与孩子们的朝夕相处，耳鬓厮磨，突然终止，还真有些受不了。媳妇说应该高兴，为重新获得自由，但我与夫君都没有解脱后的欢愉轻松，有的是对孩子的留恋、担心和牵挂——怕他们入园不适应，怕他们哭闹伤身子。爷爷几夜梦里惊醒，坐起找寻宝贝们，奶奶总是默默地暗自垂泪。思想上知道这是孩子长大后必然走的路，但感情上还是很难接受，无奈，人都要经过这一关的，也只有让时间冲淡这种伤感情绪，慢慢适应不再有宝贝陪伴身边的日子……

9月4日

情儿、恒儿入园第一天

昨晚睡前看了天气预报，说今晨有雨，因为要带着孩子们的被褥，便在微信留言让儿子开汽车送情儿、恒儿。

今天清晨天气很给力，虽然阴云密布，但总算没有下雨。我们老两口于7点半带着相机赶到了幼儿园门口，翘首企盼孩子们的出现。

幼儿园门口用彩色气球装扮一新，有老师在门口迎接，家长带着孩子陆陆续续地走来。

这所幼儿园在闹市区，又赶上上班时间，门前被各种车辆堵得水泄不通，场面很是嘈杂混乱。

我把相机镜头对准孩子们来的路上，想拍些照片留作情、恒进幼儿园接受社会教育的纪念，但由于人实在多，还是没能及时发现他们从路上走来。当猛然看到儿子儿媳牵着孩子们的手，提着行李包走进幼儿园门口时，我再按相机快门，已经晚了，只拍了两张模糊的背影。

拨开人群，迎着送过孩子从大门出来的儿子夫妇问了两个孩子的情况。儿媳说，情儿看到被彩色气球装扮一新的幼儿园大门及人群时，就开始激动并兴奋地说："我可以上幼儿园了。"儿子说："情儿、恒儿都没哭闹。到教室门口，老师接了孩子，就让我们赶紧离开。"听过儿子夫妻的介绍，知道孩子没哭闹，我心里好受了些。

情儿、恒儿在与小朋友玩耍

184

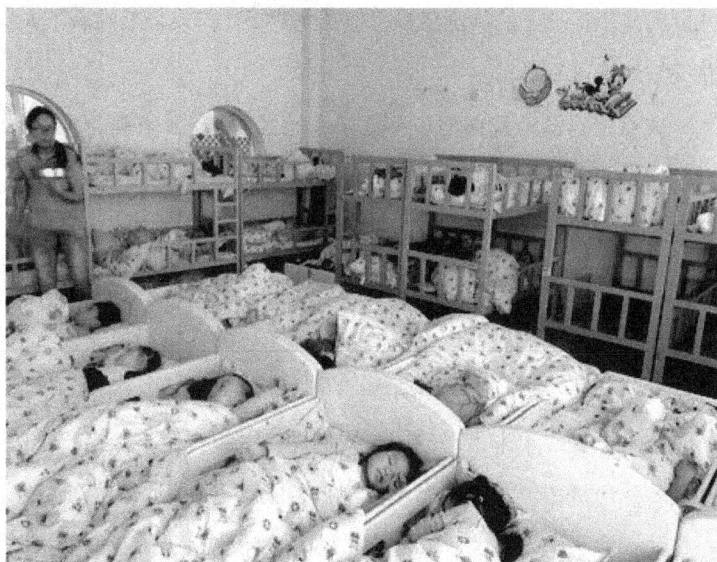

情儿、恒儿与小朋友一起午休

儿子夫妻急着上班走了，我们俩怅怅地往家走，心还在想着不知孩子这会儿怎样？三年来，他们还没像现在这样，离开过爸爸妈妈或爷爷奶奶的视线及陪伴，单独到一个新的环境，这怎能不让我们牵挂？好在儿子发来一张照片，看到情儿、恒儿与别的小朋友一起，在教室里静静地坐着等吃早餐，神情很坦然淡定。中午，儿子又发来几张孩子们睡觉的照片，并转告老师的话说情儿、恒儿已经睡着了，悬着的心才稍微放下一点。

儿子发来信息说："下午放学你们想去看看也行，不过让我和秀毅进去，你们在门口等。老师让父母多接送，有利于孩子（形成）安全感。"我回："行。"于是我们老两口5点50分到达幼儿园门口，接孩子的队伍已排得似长龙般了。门口依然站满了人，路又被堵得过不了车。

夫君去排队，我在门口等儿子儿媳的到来。6点整，准时开园门，家长们迫不及待地往前冲，幼儿园的老师在维持秩序。还好，一会儿就有家长带着孩子从门口出来了。两边站满了接孩子的爷爷奶奶或外公外婆，不时传出惊呼或亲昵的呼唤。出来的小朋友立刻被众多亲人包围，或夸，或抱，或亲，幼儿园门口演绎着人间一幕幕真情爱剧，令人感动。

儿子夫妻终于来了，他们与我们俩打了招呼便拿着接孩子的卡随着队伍进去。我与夫君站在门口，眼巴巴地等着他们出来。一会儿，儿子抱着恒儿，媳妇牵着情儿的手出来了。我好似很久没看到两个孩子一般，泪在眼眶里打转转。我顺手接过恒儿抱在怀里，爷爷则迎着情儿。恒儿双手抱了我的脖子，在我脸上亲吻一番，然后双手捧了我的脸说："奶奶，幼儿园好好玩呀。"我忙夸他没有哭闹，是个好宝宝。他指着眉心贴的大拇指说："奶奶，你看，老师给我贴的。"我说是不是你表现好，老师才给你贴呀，恒儿说是呀，还告诉我姐姐的大拇指弄丢了。我说没关系的，明天你们表现好，老师还会给你们贴的，恒儿点点头。儿子趁机告诉我，刚才恒儿见到爸妈那一会儿，委屈得大哭。也是呀，一天没看到家里任何人，心里能不委屈吗？他都忍了一天呢，也难怪孩子。听到这些，我都想哭，但我极力忍住。儿子转述了老师的话，说情儿在园内很放得开，该吃就吃，该睡就睡；恒儿不行，没有好好吃饭。我吩咐儿子路上给孩子买点吃的。就这样说着走着，到十字路口，见到了情儿与妈妈，还有爷爷。（由于人多，我们一家走散了。）恒儿说："奶奶，咱们一起回家吧。你坐爸爸车后面。"我听后鼻子发酸心里难受，回恒儿说："天晚了，你与爸爸妈妈回家吧，哪天奶奶再去你们家看你和姐姐。"恒儿说："我想去奶奶家。"我说："等星期天吧。"恒儿说："那我们在前面带路，奶奶你在后面走吧。"我点头应允。我回头问候情儿，但不知为什么情儿怏怏的，不想说话。妈妈说："情情你怎么回事？爷爷与你说话，你也不说。"情情低头还是不说，我心里挺难过的，但愿明天情情开心起来。儿媳妇说："天黑了，妈路上小心。"望着他们一家四口远去，我鼻子一酸还是禁不住地流泪了。默默地回到家，慢慢平复了一下情绪，觉得这一天好漫长，好累……愿明天好天气，愿孩子们顺利入园，开心度日。

9月5日

情儿、恒儿入托第二天

今晨恒儿哭着被爸爸送到幼儿园，奶奶看着揪心，在窗子底下听到他不哭了才含泪离开。此时儿子发来老师发的微信，内容如下："孩子们第二天表现更棒了，除了早上来园有点情绪，今天的常规已经习惯了，不再找错位置，而且都会自己吃饭，不用

情儿、恒儿在与小朋友一起做操

老师喂，课上学东西会眼睛看老师认真学。大部分孩子认识了自己的学号、茶杯和毛巾。孩子们表现很好，家长们不用担心，明天继续加油！"

接着又发来在幼儿园的照片，看后我心里才好受些。相信坚持送，情儿、恒儿会慢慢适应幼儿园生活的。

9月6日

入托第三天

爸爸说今早恒儿醒了很开心，没有哭闹，情儿在路上还嫌妈妈骑车慢，说："怎么还没到幼儿园呀。"当恒儿被爸爸抱着进到教室时还是哭了，在老师的哄劝下很快地融入集体活动，这让我欣慰。今天比昨天好，明天一定比今天好，孩子们的适应能力还是很强的。老师发来照片与视频，看着孩子们很投入，我欣慰。

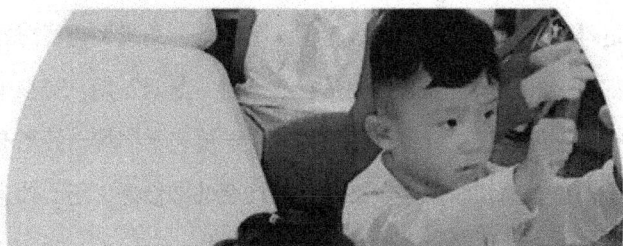

情儿、恒儿很配合老师

9月7日

情儿、恒儿入托第四天

今晨照样去幼儿园看我们的两个宝贝的入园情况，也顺便看到了幼儿园门口上演的亲子别离的一幕幕哭剧，看得我心酸。

我们的老大情儿很适应，每天不哭不闹并且很喜欢幼儿园的生活，而恒儿就不行。听儿子说，今天起床后恒儿就哭闹，不想去幼儿园，这会儿子又发来微信嘱咐我们说："我看恒恒至少需要两周适应时间。这两周千万不要出现同情他或者可怜他的情绪，这样更难适应。早上我稍微表达了一下同情，结果哭得更厉害，怎么都不去。"孩子上幼儿园是感情上的"断奶"期，对孩子来说是很痛苦的过程，看到恒儿这样，还不能表示同情，我真有些受不了，但上幼儿园是人生路上步入社会的必修课，还必须走这一步，愿恒儿能坚强些，愿明天他会开心些……

9月8日

情儿、恒儿入托第五天

昨天傍晚，我们一家又一起去接情儿、恒儿，还是由爸妈带卡去园里接，我们老两口在门口等。

不一会儿，儿子夫妻各抱一个孩子走出园门，我立刻带着给孩子的香蕉迎上去。情儿、恒儿很开心，没有哭。

我从儿媳怀里接过恒儿，让儿媳去推车子。抱着恒儿边走边聊，恒儿依然亲吻我后问："爸爸说奶奶生病了？"我赶紧回答说奶奶发烧了，现在好了。心里很为恒恒记挂着奶奶而感动。恒儿笑笑又说："奶奶，我都上幼儿园了。"我说真好，恒儿长成大宝宝了，都上幼儿园了。恒儿点头说："是呀。"接着我说："恒恒，咱明天再来幼儿园，不哭好吗？你看姐姐，还有许多小朋友都很开心地上幼儿园，幼儿园里有老师陪你们做游戏、讲故事，多好呀。以后咱们天天来，就不哭了，行吗？"恒儿很爽快地答应："好吧。"爸爸妈妈车子来了，情儿、恒儿向爷爷奶奶喊再见，一家四口很快消失在人流中。

9月9日

情儿指挥爸爸倒车

在小区地下车库，一个煞有介事的"小警察"指挥员，打着手势："爸爸，倒！倒！倒！"好像她爸爸倒车真的听她的话一样。三岁看大，七岁看老，我家情儿是个爱操心的主儿（来自孩子母亲的文字）。

9 月 10 日

教师节

今晨，我们老两口依然去幼儿园门口等孩子们，看到有卖花儿的，才想起教师节到了，于是便买了花儿。我不敢出现在孩子视线里，怕恒儿看到我哭闹不去幼儿园。

见儿子夫妇带着孩子们来了，我藏在大树后面，让爷爷把花拿过去给孩子们以便送给老师。

今天孩子们很乖，恒儿没有哭。儿子夫妇送过情、恒出来对我们说：恒儿起床后哭了几声，一直到见到老师并把花儿送给老师都没再哭，老师还表扬了恒儿。看来恒儿已有点接受幼儿园生活了。

中午，老师发来孩子们在幼儿园的照片。看着情儿、恒儿在与小朋友一起做操，尽管恒儿表情还是不开心，但想到他今早的表现，还是替他们的进步感到高兴。

祝愿我的宝贝们下周表现会更好。

情儿、恒儿与小朋友一起做早操

9 月 11 日

忙碌的周日

两天周末假日结束，孩子们又该上幼儿园了，但愿今日恒儿不再哭。

回忆这两天，还是做了不少事情的。

周六带情儿、恒儿去体验了舞蹈及音乐课，孩子们很高兴。

舞蹈大厅的门一开，两个孩子就兴奋地跑了进去，与正在学舞蹈的小朋友一起学着老师做的动作，看着镜子里的自己跳了起来。尽管动作不标准，但还是很认真的。特别是恒儿，很投入，因为跳舞是他的最爱，平时在家只要听到音乐响，他就会随着音乐的节拍扭起来，而且节奏感很强。情儿喜欢画画，所以兴趣不大，停下来看老师与小朋友们跳，偶尔才举举手、踢踢脚。这就是喜欢与不喜欢的区别，我想，若让情儿去画画班体验，她一定很专注的。

在音乐班，开始情儿、恒儿还随着老师的琴声一起唱，但后来他俩就开始玩起来，一会儿爬到凳子上，一会儿离开座位起来互相打闹。老师引导几次，效果不佳，看来他们对此兴趣不高。下课时间到了，孩子们鸟儿一般飞出教室，嘴里喊着"我饿了"。

中午去曼哈顿广场吃了烤鱼，爸爸介绍说："他俩就爱吃这鱼，平时带他俩来吃，要一条鱼基本被他俩吃完，我与她妈吃吃鱼头及鱼排，再涮点菜，吃点面。"这就是父母，好吃的留给孩子。

想起儿子小时候的一些事情，鸡蛋是凭票供应的，我与夫君也是舍不得吃，留给儿子吃，现在儿子为人父了，也在这样做，这是人性的自然流露，也是传统的传承。夫君说，你们可以多要一条鱼呀，现在物质条件好，又不是吃不起。儿子解释说，不是的，这鱼太腻，一条足够了。

夫君要了两条较大的青江鱼，不一会儿就做好端了上来，孩子们吃得很尽兴。我一尝，还真是外焦里嫩，爽滑可口，但甜度很浓，吃多了会感觉腻，也便理解了儿子夫妻只要一条鱼的说法。

周日，儿子不让我们去他家了，我想得做点事，不然总是想孩子，想带他们一起玩，想得心里难受，于是便决定整理衣柜。

看着多少年不穿的衣服，想起许多往事。其中有几条裙子，花的，当年很是喜欢，我穿着它们，曾在打过蜡的木地板的市体育馆内晨练，穿着高跟鞋旋转，在音乐中漫步，度过许多浪漫而又愉快的清晨时光，也成就了我能坚持带孩子们这么多年没有出大病的还算说得过去的好身体。还有让女裁缝小魏做过的几件中式春秋装，当年自己也很是喜欢。我平时喜欢高盘着发髻，加上这几件衣服很得体，特别是紫色的那一件，穿上看着很贵气，同事开玩笑说我有古典女人的气质。

此时，我对着镜子试穿了一下，自己发福了，扣子扣上有些紧，于是脱下，叠放整齐，把它们永远存放起来，只留下美好的记忆和对小魏的思念及感激。因了多年一直让她为我与家人做衣服，与她成了好朋友，后来搬家离得远了，渐渐失去了联系，也不知她现在哪里？过得好不好？

整理一上午衣服，累得腰直不起来了。夫君说："你总爱这样，有活非得一气干完，你不会先午休歇歇，下午再整？"夫君说得对，我就是这样的人，做事喜欢一鼓作气，做完心才能放下来，才能静下来。

20世纪80年代，是用票据买各种布的，没有布票就没有被罩罩被子，所以被子需要拆洗。那时儿子还小，我让夫君带着儿子去公园玩，我在家开开录音机，听着舒缓的轻音乐，开始劳作：拆开被子，把棉絮晒上，用手洗被面、被里，然后再打扫一个个房间。经风吹日晒，被面、被里很快干了，于是开始缝制，直到把几条被子全部缝制好，我才长舒一口气，躺到床上伸直腰板休息会儿。看着被自己收拾得整洁的家，闻着被子里的太阳味，虽然累，但心里却很舒畅。等爷爷带儿子回来，一家人温馨地做饭吃饭，生活得很惬意。平时写文章也是一样，想写了，必须一气按心里想的写完，假若中间确实有其他事需要做，回来再续写就找不到感觉了，所以我的电脑里存下许多半拉子"工程"。可年龄不饶人，现在有那个心劲，而力却不足了。我听从夫君的建议，吃了午饭先休息了一会儿，下午继续整理，5点多终于把柜子里整理好，看着整齐的摆放，很舒心。

晚饭后，跟孩子们视频，恒儿看到是我，马上站起来对我说："奶奶，妈妈在做饭，我吃了香蕉、苹果。"妈妈喊他们吃饭了，我们彼此喊再见。

这两天的日子就这样过去了，看时间，清晨 5：48。放下手机，活动一下手，6 点该起床了。

新的一周开始，这周要去整牙，要去医院治疗腰疼……

9 月 21 日

幼儿园门口纪实

与孩子们白天不能相处了，总觉得心里空落落的，一直情绪低落，提不起劲来，这是我们俩的共同感受。其实平时不是孩子离不开我们，是我们离不开孩子，这就是隔辈亲的体现。为了能见到孩子，总是清晨提前到幼儿园门口等他们，因为怕恒儿看到奶奶会哭泣不去幼儿园，所以我总是藏在树后或电线杆后，远远地注视儿子夫妻牵着情、恒的手走进幼儿园，然后才与爷爷一起走到他们车子跟前，等儿子夫妻出来问问情况，拿了接孩子的卡，才觉得心里好受些，慢慢地走回家。

最近，因孩子两个姑奶奶来了，爷爷早晨不能前往，奶奶便一个人走在去幼儿园的路上。忽然听到一个孩子的哭声，接着看见一个妈妈推了婴儿车，车里躺着一个宝宝，哭着的宝宝似情儿、恒儿一样大，边哭边喊着："妈妈，妈妈。"母亲走得很快，回过头大声呵斥孩子："再哭，再哭，就知道哭，再哭就不要你了。"孩子哭得更厉害，一溜小跑地追着妈妈。看到这情景，我心里分外难受。我理解一个母亲带两个孩子的艰辛，知道此时母亲的心情有多么焦躁，更知道宝宝听到母亲的话心里是多么害怕无助。我只想追上孩子抱抱他给他一些安慰，但他们走得快，我脚底板疼没能追上，只好眼睁睁地看着他们走远，心里沉沉的，只想掉眼泪。

走至幼儿园门口，抱着孩子、牵着孩子手的家长不断从我身边走过，孩子们多数都很平静地走进幼儿园大门，向迎接他们入园的老师问好，但也有个别新生还是哭哭啼啼的不想进幼儿园门，于是牵着手的便成了强抱着孩子疾步前行。我家恒儿也是每天哭闹几声，但一旦进到教室，他也就合群不哭了，这是听送他们的爸妈说的。

我站在幼儿园门口的对面看着他们来的路，忽然发现身旁一个老年人（也许是爷爷或姥爷），抱着一个很瘦弱的小男孩。这个孩子没有哭闹，但是表情很痛苦，眼里含着泪。他趴在老者身上，不停地向远方招手，还做飞吻状。看看我的身后，没有别人，难道他是在向我挥手告别飞吻吗？看着他凄楚动人的小脸，我赶紧举起手向他挥手致意，他竟然含着泪给我一个微笑。可怜的孩子，他的表现比大哭大闹更令人心疼，可上幼儿园是人生必须走的一步呀。其实爷爷奶奶、爸爸妈妈也懂得你们初离开家的那种恐慌及无助，但你们必须面对现实，勇敢地迈出这一步。今晨看到了这些，心里沉沉的。我依然藏起自己看他们走进幼儿园，我看到恒儿的嘴也一撇一撇地在小声哭泣，等他们爸妈出来告诉我：他哭着自己去洗了手，自己拿毛巾擦了手又把毛巾挂好。爸爸帮他，他推开爸爸不让帮忙。情儿则抓着厕所的扶手，自己褪下裤子解了小便。这就是进步，知道自己的事情自己做。

人就是这样每天行走在纷扰的红尘，过着琐琐碎碎的平凡日子，不管大人小孩，每个人或多或少都有烦恼忧愁，只是自己应懂得化解以及丢掉，生活才会是一路阳光，一路欢笑的。

9月27日

玩吹泡泡

从"吹泡泡"到"接泡泡"，孩子们又有了新技能！一片泉立方，制成泡泡水，可以连续玩上好几天，健康放心，快乐无价，超值！

10月8日

情儿、恒儿感受"工作"的乐趣

节日期间，孩子们不上幼儿园，就有了与情儿、恒儿亲密接触的机会。重新牵起了两只小蜗牛的手漫步，看着孩子们天真无邪的笑脸，我们老两口乐得合不拢嘴。

在家，我们老两口与他们一起玩捉迷藏的游戏；带他们一起去公园看鸽子；一起去万象城游乐场玩耍，昨天又与儿子一起带情儿、恒儿到"点点梦想城"体验各种职业带来的愉悦，孩子在懵懂中感受了生活的不易与成功完成任务的喜悦。

"点点梦想城"是以少儿职业体验为特色的儿童教育场馆，总面积万余平方米，在国内同类场馆中单层面积最大。少儿职业体验是指少年儿童(3～12岁)通过模拟和体验成人的职业和角色，来了解接触真实的世界，并从中感受工作的乐趣，寻找未来专业方向。

进了"点点梦想城"场馆才知这是一个独立的儿童王国，场馆内模拟现代城市布局，设有道路交通设施，路上行驶着迷你公交车、救护车、消防车等，车里坐着穿着各种职业装的不同年龄段的孩子们。

路两边有各种体验馆，每个体验馆代表一种职业，门上标着开放时间。孩子们可以选择消防员、护士、警察、模特、医生、电视主播、摄影师、面包师、甜点师等多种职业来体验。每种体验项目都有相应的设备、服装、道具，孩子们在这里就像是大人在现实世界里生活一样，通过参与工作赚取一定的报酬，获得的报酬还可以在场馆里购物、娱乐，真实感受实际生活中的方方面面。

根据情儿、恒儿的年龄，我们选择了甜点馆、牧场馆、邮局馆、面馆让情儿、恒儿去体验。

他们按时间顺序走进不同场馆内，穿上专业的服装，按照馆内老师的指点，与小朋友们一起完成体验内容，做得很认真。因为他们年龄小，在体验过程中若遇自己不能完成的项目，他们会主动让大的小朋友帮忙，这样就锻炼了他们的人际交往能力。

到牧场馆后，老师教他们如何给奶牛清洗奶头，如何挤牛奶，并让孩子们一个个实践，情儿、恒儿很认真地去做。最后老师让他们去当送奶工。情儿、恒儿与小朋友们一起搬起牛奶箱子，按照指定的地点去送牛奶。他们还小，在爸爸与爷爷的帮助下，自己抱着箱子送到了指定地点，回来把回执卡交给老师，老师给他们发工资报酬。两个孩子很有成就感，恒儿跳跃着说："我能送牛奶，能挣钱了。"通过这种角色扮演的模式，情儿、恒儿在娱乐中体验到大人的生活模式，在参与中学习了社会知识。这种体验寓教于乐，让他们体验到了工作与收获、乐趣与艰辛，无形中使他们在娱乐中培养了生活自立能力与团队的协作精神，这对于他们自幼养成健康的劳动价值观和理财能力有很好的帮助。

在面馆，他们拿到面团后，放到案板上，用擀面杖去挤压，擀不圆、擀不薄就用手拍，然后把面片递到老师手里。老师用面条机压成面条煮好分给他们吃。最后脱掉职业装，用衣服撑放好就可以退出场馆。恒儿不会用衣服撑，就求身旁的大哥哥帮忙弄好。有一个小姐姐主动帮助情情解开背上的扣子，他们之间很友好，这样锻炼了他们的团队协作能力。

恒儿当起了送牛奶的工人

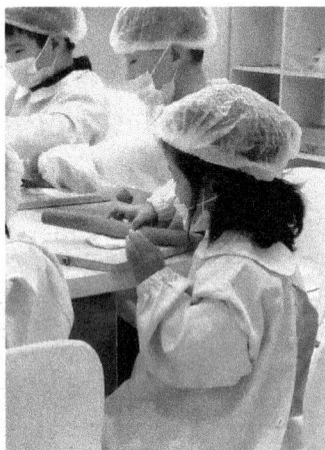

恒儿通过自己劳动第一次领到钱，很开心　　小小面点师

时间一分一秒消逝，情、恒意犹未尽，还要体验当医生、消防员、警察的乐趣，但因时间关系，这次就不能再玩了。我们答应有时间还带他们来，孩子们才恋恋不舍地离开了"点点梦想城"。

今天8号，明天孩子们就该上幼儿园了，但愿经过这个假期情儿、恒儿重新走进幼儿园不会有陌生感，恒儿不再哭闹。

爷爷奶奶期盼再一次与他们亲密接触……

10月17日
恒儿会用蹲便了

昨天傍晚去幼儿园接情儿、恒儿，情儿、恒儿很高兴地跑到我们老俩跟前，恒儿很高兴且激动地对我说："奶奶，我会拉便便了。"老师也笑着说："今天恒儿与姐姐一起去了洗手间，会用厕所了。"我感激地说："谢谢你们，给你们添麻烦了。"随之在恒儿额头亲了亲，并伸出双手的大拇指给恒儿点两个赞，恒儿高兴地拉着我的手跳了起来。看着他开心的样子，我轻轻舒了一口气，孩子终于又迈过了一个坎，有了新的进步。

自情儿、恒儿会自己大小便以来，在家一直用爸爸给他们买的小鸭子马桶。上幼儿园后，情儿很快就会用幼儿园的蹲便了，但恒儿不行，他不会蹲，蹲下后腿往两边滑，身子往前倒，因此他有了畏难情绪，再加上他胆小，不敢告诉老师，因此有了大便，几次便到了裤子里。老师、爸爸妈妈给他讲，他就哭，弄得大家束手无策。我曾于一个下午，趁他们下课之际去帮助他，但不成功，他依然害怕、哭泣。老师说这样不是好办法，他会每天盼着奶奶来帮他的，于是我不再去，但每天都担心他、牵挂他。

周末，他们的爸爸与他玩蹲下的游戏，锻炼他下蹲的能力，并一直给他讲，一定不要怕，鼓励他去蹲。还真有效，恒儿终于克服了畏难情绪，在情儿姐姐的带动下成功地在幼儿园学会了用蹲便解手。我很欣慰，为他的进步点赞。

1月11日

恒儿参加街舞学习班

周末，妈妈出差回来，腰疼得厉害去医院治疗，爸爸依旧加班。情儿、恒儿在我们老两口的陪伴下，根据兴趣爱好，情儿由爷爷带着去游泳，恒儿由奶奶陪伴学习舞蹈。舞蹈班的老师很专业，带领十几名大小不等的男孩儿跳街舞。恒儿在里面属于最小的，但恒儿不怯场、不气馁，跟着老师认真学习各种动作。下第一节课后，奶奶让他喝了水后，自己很自觉地进到教室里等待上课，还与别的大哥哥一起玩耍，奶奶很为恒儿感到高兴。这会儿第二节课开始了，老师在教分解动作，恒儿有点跟不上，但依然很认真地学……

恒儿在学街舞

11 月 28 日

恒儿生病

　　恒儿又支原体感染了，总是咳嗽，故不能去幼儿园。爷爷奶奶陪之在家吃中药养病，每天在家与奶奶一起画画，做游戏。

　　每天喝中药是一大关，恒儿在奶奶的哄劝下喝下中药，夸自己很勇敢。看着他瘦弱的身子，奶奶总是抱着他给予安慰。

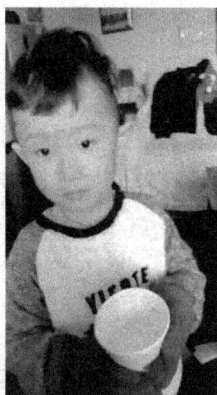

画画与中药

"孔雀舞"

12 月 13 日

今天幼儿园唱歌比赛，情儿、恒儿神情淡定，不怯场，表现不错。为情儿、恒儿点赞。

比赛现场

2018

1月23日

情儿第一次登上舞台

孙女第一次登上舞台表演，幼儿园规定家长只让妈妈参加，以下是孩子妈妈写的博文，奶奶转一下，祝贺情儿步入人生的舞台，愿孩子健康平安地成长。

女儿人生的第一次登台。

虽然，舞台上小小的你，距离妈妈的位置最远，但依然是妈妈眼中最特别的存在。

孩子们的表现都棒棒哒！个个儿都是小明星！根本不像刚入园几个月的孩子，老师们为此付出的辛苦，可想而知。很感动，更多的还是感谢。愿这个世界，对每一个孩子都温柔以待。愿孩子们都能尽情领略生命的美好，无忧无虑、快快乐乐地长大。

前排右一的情儿，与小朋友一起跳舞

1月24日

恒儿第一次展示绘画

昨天孙女情儿展示舞姿，今天恒儿展示绘画。因爸妈工作忙，只好让爷爷奶奶去现场观摩。

爷爷奶奶准时到场，孩子们的绘画安排在幼儿园的音乐厅。家长们进得场内，孩子们在老师的带领下已经端正地坐好，绘画工具整齐地摆在绘画桌上。老师宣布开始，孩子们立刻按照老师的要求认真地画起来。

恒儿展示的内容是现场拿彩色橡皮泥做一幅花儿的画，只见他不慌不忙地拿起彩色橡皮泥，掰一些放到桌子上，用手掌团成一个小球，然后放到圆形的小画盘子上，小指头轻轻一压，就做成了一个小花瓣儿。就这样反复多次，一朵朵黄色的、红色的、蓝色的小花儿就做成了。然后还在花茎上点出绿色的叶子，成果很是好看。

恒儿在作画的过程中，有时会抬头看看给他拍照录像的奶奶，还拿起做成半成品的画儿给老师或爷爷奶奶看。奶奶看到他稳重的、不急不躁作画儿的样子，由衷地给他点赞，佩服这个小人儿做事的认真。教他画画儿的老师介绍说："今天人多，恒儿有点分心了，做得没有平时做得好。"奶奶说："谢谢老师了，孩子第一学期能做成这样很不错了，谢谢你们平时认真耐心地教他。"老师说是恒儿努力的结果，说着又把恒儿这一学期画的画儿给奶奶看。哈，一本大大的画册呀。爷爷奶奶与恒儿一起翻看，里面有葵花，有太阳，有瓢虫、毛毛虫，画得栩栩如生，有模有样的。当看到最后一张时，恒儿指着画说："这是甜甜圈，这是三明治，这是蛋糕。"爷爷说："恒恒画得真好。"恒儿说："等我有钱了，我买给爷爷奶奶吃。"说得爷爷奶奶心里美滋滋的。

晚上，爸爸下班回来，恒儿喜滋滋地把自己的画儿拿给爸爸看，爸爸夸他画得不错，还说周末带他和姐姐去买礼物奖励他们。姐姐要看恒儿的画，他对姐姐说："姐姐，你别弄坏了，我还要给妈妈看呢。"妈妈工作忙，在加班，爸爸带着情儿、恒儿回他们的家等妈妈，恒儿要求自己拿着自己的画儿走。

情儿、恒儿上幼儿园第一学期学会了跳舞、画画、唱歌、讲故事、懂礼貌，这都是老师认真耐心教育的结果，我们全家真诚地感谢诸位老师的付出，衷心地道一声：老师们辛苦了！谢谢对情儿、恒儿的厚爱和培育。

祝愿情儿、恒儿在新学期健康活泼地学习，开心每一天。

恒儿在作画

2月12日

情儿、恒儿开始学钢琴

周末，因为外面天冷，我与儿子带了情儿、恒儿去商场玩，上到第三层，看过许多商铺，忽然一家教孩子学钢琴的培训机构进入我们的视线，于是带孩子进到里面，立刻有年轻的老师接待我们，随即便咨询一些学习钢琴的问题，比如几岁开始学习好，有关费用等，老师都一一作答。情儿、恒儿对音乐很感兴趣，我们便决定先报名学一段时间，看看孩子是否喜欢，也就从那天起，情儿、恒儿开始了钢琴入门的学习。

每个周末的上午10点半到11点，两个孩子在爷爷奶奶或爸爸妈妈的陪伴下，正儿八经地坐在钢琴前，认真地听钢琴老师授课，爷爷奶奶或爸爸妈妈坐在后面陪学。

孩子们还是蛮认真的，在半个小时的学习时间里，跟着老师从认识五线谱开始学习，知道了哪个符号是几分音符，唱几拍，知道了什么是分节线、终止线等。

情儿有女孩特有的细腻，理解能力和记忆力都比恒儿好些，学得较快，恒儿上课有点分心，学得有点吃力。但昨天上课老师说，恒儿记谱比姐姐记得好，并当场给恒儿奖励了贴画以示鼓励。可见每个孩子都有自己的长处。（因爷爷陪情儿上课。）然后老师就传授恒儿弹钢琴的坐姿及手法，这对于一个三岁多的孩子还真有难度。

恒儿按照老师的指教坐好，放松了肩膀，胳膊肘打开一些，手指分开，手腕放平，然后老师数着数让他坚持5秒，就这样5秒、5秒，恒儿按照老师的要求尽力做着一切。

看着年轻老师授课，很敬佩老师的耐心，更佩服孩子的毅力。

这些知识，对于一个三岁多的孩子来说确实不容易，但情儿、恒儿没有说不学，每个周末坚持去上课，认真地学。不管记住多少，最起码孩子努力了，所以我欣慰。万事开头难，只要孩子喜欢，不说不学，就要支持。

夜里，恒儿睡梦中醒来忽然对我说："奶奶，钢琴老师夸我上课学得好，可咱们走的时候，没奖励我贴画呀？"我说："上课的时候老师不是当场就奖给你贴画，你贴到钢琴书上了吗？"恒儿说："那不算的，走的时候还应该奖励的。"我说再去上课的时候问问老师吧，恒儿才又翻身睡去……

看着熟睡的恒儿，我默默祝福他与姐姐开心学习。对于钢琴，能不能学成不重要，重要的是，他们人生中有过一段这样的学习钢琴的经历……

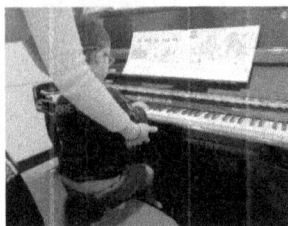

恒儿在上钢琴课

5月16日　清晨

不舍

昨日的雨依然在继续，打不到出租，只好坐地铁。还好，顺利到达，按时进站上车。天湿漉漉的，心也湿漉漉的，小孙子甜睡的小模样一直在脑海闪现。小孙女与他的父亲还在睡，房间里一点动静也没有，不忍心惊动他们，但又期盼他们能当面说声再见。儿媳出差了，从今天开始，夫君、儿子两个大老爷们将面对两个稚嫩的幼童，想想也真够难为他们的，但很无奈，我不能不走，回来几天了，很牵挂妹妹。愿儿媳早日归来，愿两个孩子平安健康，愿妹妹好起来。车正点开出，天依然有雨，心依然湿漉漉的……

5月29日

子恒绘画在国际上获奖

今天恒儿参加了幼儿园六一绘画活动，孩子现场作画，很认真。另外，恒儿画的小猫咪参加了澳大利亚第二十四届世界和平书画展国际青少年书画评奖，获银奖。为孙子自豪骄傲。

作品完成！得到奖牌，好开心😊

WPA

榮譽證書
PRIZE CERTIFICATE

世界和平書畫展組委會 派

WORLD PEACE
PAINTING AND CALLIGRAPHY
EXHIBITION

IT IS TO CERTIFY THAT
INSTRUCTION OF _____ UNDER THE
_____ PARTICIPATED IN "THE 24TH
WORLD PEACE INTERNATIONAL YOUTH AND CHILDREN
WORK OF PAINTINGS AND CALLIGRAPHY EXHIBITION" WHICH WAS
HELD IN AUSTRALIA _____
_____ THE EXHIBITED WORK OF
_____ HAS WON.

郎子恒

的书画作品参加澳大
利亚第二十四届世界
和平书画展国际青少
年书画评奖，成绩突
出，荣获　　　奖。
此证

获奖编号　))2

导师签名

澳大利亚悉尼中国文化中心
世界和平书画展组委会
2018

5月31日

河南省文化厅艺术幼儿园举办了六一儿童节文艺演出展,情儿参加了舞蹈《爸爸妈妈来接我》,跳得很认真。看着孩子们活泼可爱的小模样,真替她们高兴。她们赶上了好时代,遇上了好老师,在老师的辛勤培育教导下,会唱歌跳舞,真是太棒了。衷心地感谢老师们,祝情儿、恒儿健康快乐地成长!

情儿闪亮登场

表情棒棒哒

中间是情儿

站在右边的是情儿

众星捧月

6月17日

情、恒画丹顶鹤

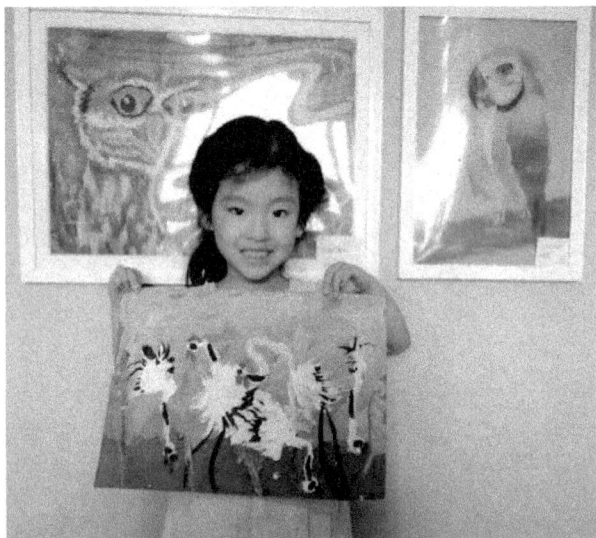

情儿、恒儿画的丹顶鹤

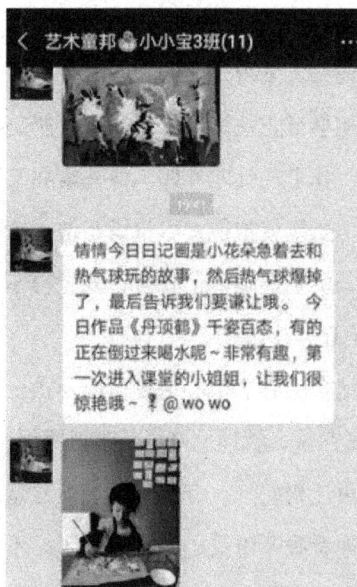

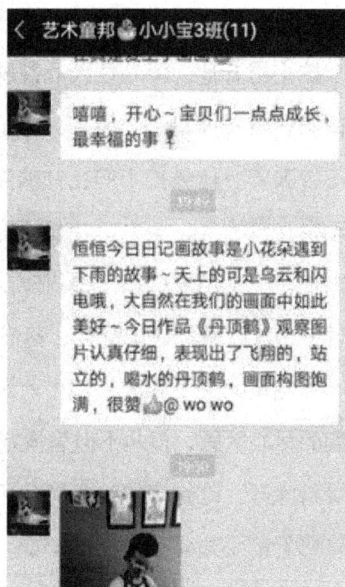

老师点评

7月18日

恒儿住院随记

下午，窗外骄阳似火，一朵朵的闲云慢悠悠地在天空飘移。

我与夫君坐在开着空调的整洁的病房里，看着在床上玩耍的恒儿，心里宽慰了许多。

孙子恒儿因支气管炎转肺炎高烧不退，住进了中医研究院。

刚开始的几天，恒儿畏惧医院里的一切，加上身体的不适，吃饭又少，哭闹得很厉害。特别是住进医院的第一天，需要输液，他的手又瘦又干，很难找到血管扎针，恒儿畏惧地拼命挣扎，几个护士摁着他，恒儿便撕心裂肺地哭，哭得奶奶心酸、心疼，哭得奶奶陪着掉眼泪。无奈，为了他早日止住烧，早日康复，奶奶还得狠着心任凭护士们扎针输液，扎了三针才弄好。恒儿委屈又无奈又没力气，于是总让奶奶抱。奶奶就抱他，尽量满足他，安慰他。一个四岁的孩子烧得难受，奶奶抱抱给予安慰，我觉得不过分，大人发烧还难受呢，何况他还是个孩子。

经过大夫十几天来用中西医结合的方法精心治疗，以及护士们的尽心照顾，恒儿不但病情好了起来，精神也好了，不再哭闹，胃口大开，吃饭多了，走路也不再让奶奶抱。有一天早上恒儿牵着奶奶的手边走边说："奶奶，你看我不难受了，我长大了，不让奶奶抱了。"看着他用清纯的眼神直视奶奶的乖模样，奶奶低下头给他一个吻，说恒恒是乖孩子，是懂事的好孩子，他开心地给奶奶一个大大的微笑。奶奶随即鼓励他说："恒恒是男子汉，要勇敢，在医院就得听大夫的，配合治疗，病才能好得快，不能哭闹，要向姐姐学习。"恒儿点头答应，在后来的几天里一直表现得很乖，吃中药也不怕苦，还学着护士阿姨的样子，拿着玩具针管给奶奶打针，测温度，嘱咐奶奶不要害怕。

记得上辈老人曾说过，孩子生一次病就会长一点见识，通过这次住院，恒儿真的长大了许多，懂事了许多。中午要喝水，当奶奶去给他倒水，看到奶奶走路不是太利索时，他赶紧对奶奶说："奶奶，你走路要小心哟，别摔着了。"奶奶忙说："谢谢恒恒关心奶奶。"还有，他无论什么时候都想着姐姐，让爷爷买什么好吃的或玩具都要给姐姐买，说姐姐也喜欢。一个四岁的孩子，能知道关心别人，奶奶觉得恒儿是个好孩子。至于起初他病中的哭闹，是病情引起身体的不适加上恒儿自幼胆小所致。

病房里有空调调节温度，不热，很是舒适，恒儿很配合护士阿姨的推拿按摩，做排痰、雾化的治疗，看着他的笑脸，爷爷奶奶感到无比的欣慰。奶奶在心里默默祈祷祝福，愿恒儿病情好转，早日病愈出院。

已是下午四点，窗外的太阳依然恹恹地挂在空中，那些闲适的大朵的云依然慢慢地飘移，一会儿遮住太阳，而阳光又会不时地冲破云的遮挡毫无顾忌地洒向大地，病房里便一会儿暗一会儿又明亮起来。人生又何尝不是如此呢，有时生活充满了阴霾，有时又充满了阳光。在没有阳光的日子里，自己要会咬牙坚持，因为阴霾早晚会过去，阳光会冲破乌云照亮前面的路……

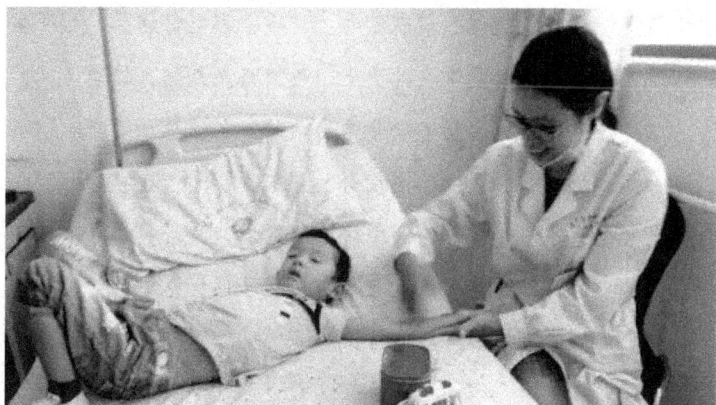

大夫在给恒儿推拿

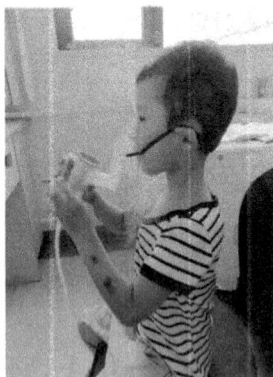

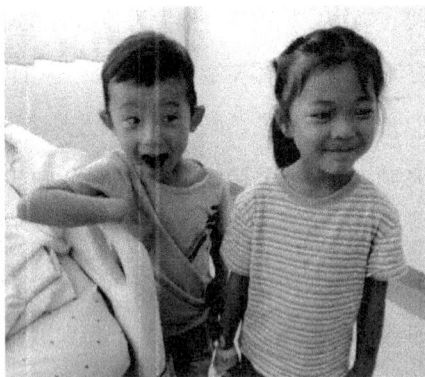

做雾化治疗　　　　　　　　　　恒儿与同病室的小伙伴和睦相处

7月20日

来自母亲的文字

今天看到孩子母亲发的微信，特转来留存。

昨晚临睡前，儿子躺在床上，认真地说："妈妈，今天奶奶说，我给她带来了温暖。"我扭头看着热得冒气儿、脸蛋烧得红红的娃，笑着回答："哦，那挺好啊。"儿子翻了个身，把小脸儿压在枕头上，表情略显纠结，接着又问："那……姐姐也会给奶奶带来温暖吗？""应该会吧。"有时候，感情太细腻，太容易受外界影响，真不知道是好还是坏。尤其是我家这个孩子，一个眼神不对就能当场哭鼻子。每个人的童年，都只有一次，希望留在孩子们记忆中的，唯有积极阳光的情绪和满满当当的爱。

9月8日

读孩子母亲在微信里发的这篇，心很酸。我的小孙子是容易受伤且善感的孩子，一生很长，而来自社会的伤害还会有多少？愿我的小孙子能健康快乐地长大，少受伤害。

孩子母亲在微信里发的文字如下：

昨晚临睡前，儿子突然大哭了一场，细问才知道，原来是下午他在幼儿园画画的时候，画了一个脑袋很大、身子很小的人，结果竟然被小朋友们集体笑话了一番，小家伙心里也因此备受伤害。

我安慰说："那是他们太小，还不懂得欣赏……大头儿子不就是这样的吗？再说，你在外面学画画不一直都受表扬的吗？别忘了，你可是拿过银牌的人啊！"

我顿了顿，又接着问："那，老师怎么说？"

儿子继续哭："老师在看手机……嗯，在用手机拍照。"

我接着建议："那下次你就让老师点评一下，看你什么地方还需要改进，这样才能一直进步。其他人的话，都不用放在心上。"

儿子："可是，我怕身边的小朋友把我的画给抢走了。"

我："那你就告诉老师，让他还给你。"

儿子可怜巴巴地说："可我担心我认不出来，班里多了很多不认识的同学……"

这脸盲症绝对是随我，只是那脆弱的小心灵，不知道随了谁了。

9月12日

看着一脸安详甜睡的宝贝，心里多了许多感慨，更多的是精神上的安慰。祝我的宝贝们无忧无虑，开心每一天。

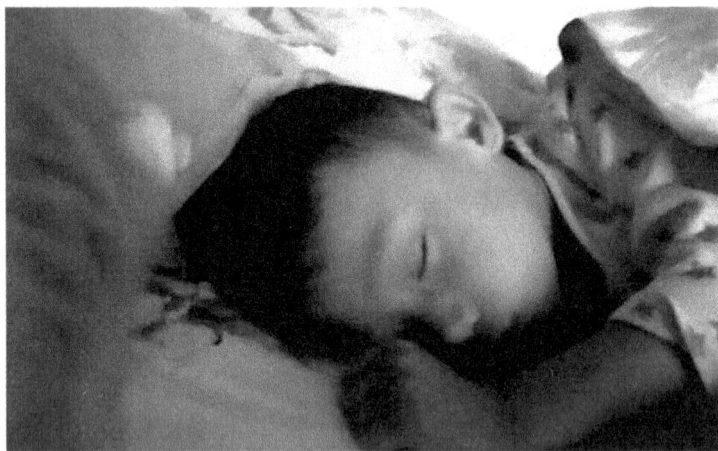

9月22日

感谢宝贝们带给我快乐

妹妹走了十几天了，一直是泪水洗面，不能忘怀那生死离别的场景。睡梦中常被噩梦惊醒，令我辗转反侧不能成眠，只有与我的宝贝们在一起时才让我重新振作精神，体会到活着有多美好。

今天上午带我的宝贝孙女情儿去学画画，孩子画得很认真，把花儿画得饱满艳丽。四岁半的孩子能画成这样，我觉得很好了。

小孙子恒儿因眼睛不好，让爸爸带着去医院检查了，回来告诉我，孩子眼睛经过半年的调整也有好转，我欣慰。

祝愿我的小孙子孙女健康平安地成长。

情儿画的鲜花

恒儿画的孙悟空

9月24日

我的生日过去几天了，孩子们依然念念不忘。今晚情儿在爸爸陪伴下到了蛋糕房，经老师手把手地指导，亲手做了一个卡通蛋糕送给我。两人重唱生日歌，逗奶奶开心，让我感到来自她们幼小心灵深处对奶奶的爱。

情儿亲自给奶奶做的生日蛋糕

11月5日

子恒讲故事

妈妈出差了，爸爸带着两个宝贝回到奶奶家。

晚上，洗漱完毕，恒儿随奶奶睡。躺在被窝里，恒儿开始给奶奶讲故事，一会儿讲小红帽的故事，一会儿讲大灰狼与小兔子的故事，讲得认真详细、绘声绘色。奶奶暗自感叹：孩子们长大了。以前，睡前都是奶奶给他们讲故事，现在是他们给奶奶讲故事了。

恒儿刚讲完《狐假虎威》的成语故事，又指着手中贴画中的直升机说："奶奶，等我长大了，我开一架直升机，奶奶你开一架直升机，咱们比赛好吗？"奶奶笑着点头说："好吧。"子恒说："咱们一起冲到终点，就是有白色云彩的地方，会并列冠军。

然后咱们就撕一块白云吃，因为云彩很像棉花糖，一定很甜。咱们吃着棉花糖不小心就掉到悬崖下面了，救援队会来救咱们的。"奶奶拍拍他的小脑瓜哈哈大笑说："好惊险的故事，好甜美的幻想。孙子，咱还是好好开飞机，别想吃棉花糖了，掉到悬崖下可不是好玩的。"恒恒说："没关系，会被救援队救上来的，奶奶别担心。"

11 月 10 日

为孩子们的进步而欣慰，

为孙子孙女人生路上迈出的每一步而点赞、欣慰、高兴，

为他们能体验生活中各种场景而幸福、赞叹。

11月11日

情、恒参加钢琴展示活动

平生第一次参加弹奏钢琴展示活动，以及活动后玩大型玩具

2019

1月16日

完成孙子布置的任务

昨晚是延时班绘画的时间，孙子恒儿在老师的指导下，完成了《蚂蚁吃西瓜》的绘画。我去接孙子的时候，恒儿拿着他的画儿高兴地说："奶奶，老师表扬我了，说我画得好。"我接过画儿一看，一块红红的大西瓜上，几只大小不一的蚂蚁正趴着啃食，蚂蚁的触须、腿脚都栩栩如生。我赶紧夸孙子，老师也走过来说："恒儿画得很认真，很好。我奖励他两块糖。"此时恒儿举起拿糖的双手，一脸的得意。我蹲下，亲亲他的脸颊，接他回到家里。

回到家后，恒儿依然意犹未尽，跟奶奶要笔要纸继续画，又画了蜜蜂、高楼等。我都有些感动，感动于他对喜欢的事情的执着。

今早，恒儿起来就要纸要笔，说要教奶奶画蚂蚁，于是等他洗漱完，我拿了笔与纸，他便在纸上画了一只大大的蚂蚁，还写上他的学号"2"，然后对我说："奶奶，我给你画好了，你要学着画这只蚂蚁，好好画，要认真哟，晚上回来我要检查的。"我赶紧点头，一边给他穿羽绒服一边答应说："奶奶遵命。"

上午送了孙子到幼儿园，便赶到儿子家照顾生病的孙女，中午吃了饭，我们回到自己家，不争气的脚开始疼痛，先睡了一觉，然后想起孙子给我布置的任务还没完成，于是拿出纸、笔，比着孙子画的蚂蚁画了起来，不知能不能得到孙子的满意与表扬。奶奶画了三只，超额完成任务，就等宝贝孙子回来检查验收了。

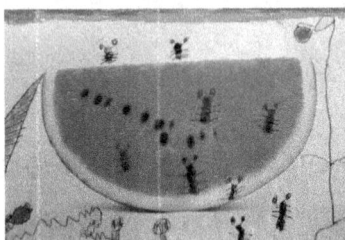

恒儿画的蚂蚁吃西瓜

孙子画的蚂蚁，让奶奶比着画

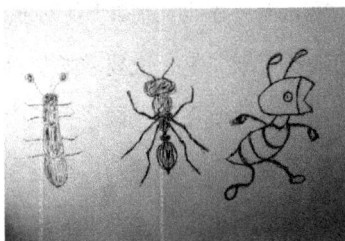

奶奶画的蚂蚁

2月10日

奶奶参与孙子孙女艺术成果展示活动

一、赏情儿跳舞

平凡的日子中，能有机会参与孩子们的一些活动，是最令我精神愉悦的事了。我这样想的时候，便又想起了周四一天与孩子们在一起的往事。

幼儿园通知，周四要举办这学期艺术成果展示活动，上午是情儿的舞蹈表演，下午是恒儿的绘画演示。父母有时间能参与，是孩子们梦寐以求的事，学了一个学期的舞蹈、绘画，哪个孩子不想让自己的爸妈看看自己平时有多努力？老师们更希望把自己的劳动成果通过孩子们的才艺表演展献给家长，以证明自己辛苦付出的神圣，这更是孩子们对老师辛勤付出的最直接的回报。但有时，事会与愿违，孩子的父母偏偏就遇到了差事而无法参与孩子们的活动，比如我家儿子儿媳就遇到了这样的问题，所以这美事便落到了我的身上。

刚得知孩子的父母要出差，由我负责完成孩子们表演的一些准备工作时，心里很忐忑。有些事我还真的不会做，比如情儿的化妆、梳头问题。老师要求家长给孩子贴好假睫毛，打好粉底、腮红，描好眼线，要梳成丸子头。平时不化妆的我，觉得完成这些具体事宜有点难，自己连假睫毛在哪里买都不知道，"丸子"头是什么样也不知道，更别说去做了。为此我想到美容院的小姑娘们，于是便打电话问，姑娘们很热情地告诉我在哪里买假睫毛，"丸子"头是什么样。我暗自舒了一口气，又看到出差在外地的孩子妈妈在微信家庭群里留言说："妈，我给老师说好了，周四一大早把情儿送到幼儿园，老师会给孩子化妆的。假睫毛让另一小女孩的妈妈代买了。"情儿化妆问题解决了，我踏实了许多。

傍晚，把情儿、恒儿接回家，爸妈都出差在外，周三夜里就住奶奶家了。此时又看到老师在微信群中留言说，美术演示的孩子要统一穿绿色的棉马甲，但绿色的马甲还在他们自己家，于是又让孩子姥姥找到马甲，爷爷骑电动车拿了回来，恒儿的问题也解决了。

周四早上6点多，先喊醒情儿，换好舞蹈服，外面穿上开衫小棉袄，洗好脸，抹上护肤霜，穿好羽绒大衣，爷爷就把情儿送去幼儿园由老师化妆、吃饭，准备演出。再喊醒恒儿，洗漱穿衣，爷爷又把我们祖孙俩接到幼儿园，一天的日子就这样有条不紊地开始了。

与其他家长聚合一起站在孩子的教室外，静等孩子们演出开始。家长们大多是年轻的妈妈（幼儿园要求一个家长参加），她们聚在一起说些孩子们的事情，诸如有病找哪个医院的大夫看较好，孩子们的性情等，我与她们差一代人的年龄，所以也插不上嘴（本来见生人我也不爱搭讪），于是就走近教室从窗子外看孩子们在老师的照顾下如何吃饭。小朋友们围着桌子坐了一圈，恒儿很安静地坐着，与在家吃饭时爱搞笑调皮的样儿判若两人。我赞叹：还是老师们教学有方。没看到情儿，心里很是牵挂：不知化好妆没有？吃早饭没有？

按照幼儿园的规定时间，与中五班其他孩子的家长们一起搬了小凳子去音乐厅门口排队准备进场。因昨天下了一阵小雪，幼儿园的院子里地面结了冰，我只顾想孩子的事，不小心脚下一滑，差点摔倒，多亏身旁的年轻妈妈伸手把我扶住，才站稳了。心里很是后怕：要真的摔伤了，帮不了孩子的忙，还要给他们添乱，那麻烦就大了。我默默地在心里告诫自己：以后做什么事都要加倍小心，儿子儿媳工作忙，家务重，太辛苦，决不能再做拖累他们的事。

拿着凳子站在音乐厅门外排队等待，天冷，有病的双脚冻得开始疼，时间觉得过得好慢。终于等到音乐厅门开，大家才慢慢进到厅里，按照班级坐好。家长们在老师的带领下练习鼓掌，准备给孩子们加油，还喊着一些口号，比如：大一（班）大一，永远第一；中五（班）中五，无限精彩等。

幼儿园负责老师宣读对家长的要求：演出时，家长不能站起来拍照，不能出入音乐厅，以保持环境的安静。演出完的孩子会由老师带着回班里换好衣服，请家长放心，孩子们不会冻着，要安安静静地看演出。听到这些话，觉得幼儿园老师想的真周到，他们想家长所想，做家长所做，令我们放心感动。

大厅里的屏幕上放着五彩缤纷的彩图，有阳光的树林，有小鸟的鸣叫，有潺潺的流水，有大朵的金色的向日葵等。彩图不停

地变换着，我感觉好似走进了童话世界，一切都是那么的美好。

　　演出开始，孩子们穿着不同的漂亮服装，随着音乐的旋律从幕后跑出来，舞蹈、扬琴、儿歌，一幕幕欢快的乐剧展现在我的面前，一幅幅美丽带有童真的画面令家长们兴奋、震撼，掌声不断。看着孩子们认真的表演，我不禁感慨：孩子们自幼进幼儿园小小班，到大班，几年的时间，由牙牙学语到能说绕口令，从蹒跚学步到能歌善舞，凝聚了家长与老师们的多少心血。孩子们在家长与老师的培育下，用纯洁磨合世故，用童心对待挫折，用真诚面对生活，用微笑对待坎坷，他们生活中每一点进步，都是家长与老师共同用心血浇灌出的结果。愿孩子们永远记住家长与老师陪伴教育的恩德，永远有纯净如水的心灵。

　　正当我醉在孩子们的舞蹈中，看着他们纯真的笑颜感慨时，中五班的小朋友上场了。十几个小姑娘穿着得体的蓝色体操服，白色的连裤袜，一样的白色短裙，似一群小天使般飞了出来，我在她们变换的队形中寻找我小孙女的身影，竟然有一会儿没找到。小姑娘们一个个像小仙子，随着曼妙音乐的旋律，在台上一会儿像云朵一样飘移，一会儿像鸟儿一般展翅飞翔。看着她们一个个的俏模样，爱意滋蔓全身，真想跑到台上融入她们之中，把她们都拥入怀里，亲亲她们的脸颊。正待我遐想之时，忽然一个小姑娘向我眨眨眼睛，一脸的调皮模样，向我点头微笑致意，"啊，我的情儿。"我在心里惊呼，"奶奶终于看到你了。"今天的情儿真是光彩照人，漂亮的面庞，会说话的眼睛，粉嘟嘟涂着口红的小嘴，头上梳着"丸子"头，令我无比爱怜。只可惜我的大相机没带，没办法给情儿拍特写，甚感遗憾。几分钟的节目，还没看够，小姑娘们就飞回去了。

下面又是一个班一个班地出节目。其中小小班的孩子们上场，他们用稚嫩的童声，演绎着生活的美好。毕竟他们年龄小，为了让他们顺利演出，指导老师坐在观众席的地板上，面对舞台，无声地用手势指导着他们的动作及队形的变化。看到老师们那么认真敬业，心里充满了敬意与感激。

节目演完了，孩子们鞠躬谢幕，家长们报以热烈的掌声，有的家长激动地给老师献花。

回到中五班，看到老师已给演出的小姑娘们换好了衣服，情儿坐在凳子上静静地等我来接。在接情儿之时，恒儿也看到了奶奶，但恒儿很懂事，没有闹着与姐姐一起回家，他知道下午就该他们美术班演示了。看着奶奶牵着姐姐的手走出教室，他挥手喊再见，但面庞上写满了留恋……

二、赏恒儿绘画

下午，按照幼儿园老师的要求，3点10分走到幼儿园排队，3点20分准时与其他家长进入绘画室。孩子们已在老师的带领下按班级坐好，他们面前的桌子上放着画纸、画笔及其他绘画用具。

恒儿看到奶奶，竟然站起高举着双手大喊："奶奶，我在这里呢。"我忙示意他坐下。

恒儿给奶奶发成功的手势

　　走至他面前蹲下，他便搂了奶奶的脖子，在奶奶脸颊上亲个不停。别的家长羡慕地说："看这祖孙俩亲的。"老师对我说："阿姨，两边都是孩子们这学期的画，您可欣赏。"我站起，恒儿说："奶奶，我的画册在那边呢。"我走过去，正要看，绘画演示的时间到了，我站在恒儿对面，看恒儿作画。

　　只见恒儿用手铺平画纸，拧开画笔的笔帽，泰然自若地在纸上画了起来。周围声音那么嘈杂，丝毫没影响恒儿，他不左顾右盼，一心都在自己的画中。一会儿纸上出现了一只卡通小猪，手里提着鞭炮，恒儿又在天的部位画了太阳、云朵。画的时候，教他美术的史老师正好站在我身旁，对我说："阿姨，今天子恒有点走神，

认真作画

恒儿对小猪噜噜私语

咪咪的梦

鸡妈妈吃小虫

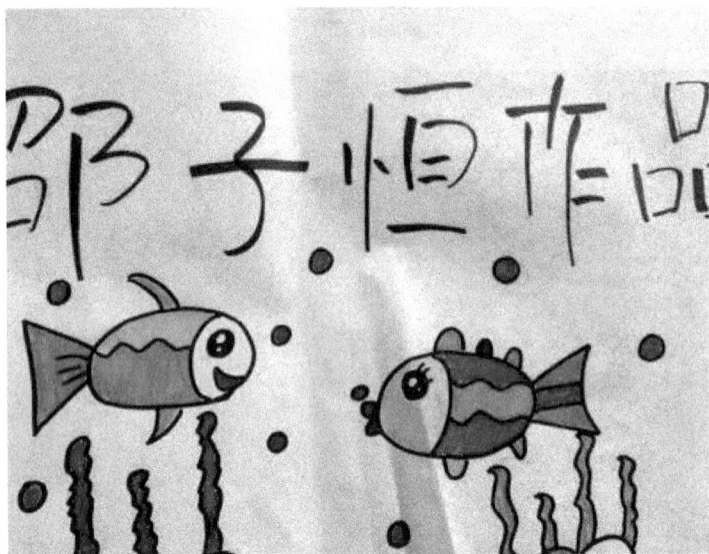

恒儿画的梅花

周围干扰太多了。他平时画得比今天还好。"我想起了幼儿园教室长廊墙壁上贴着的那幅恒儿的画，确实比这张好。

自从老师选了他的画贴在幼儿园长廊墙上展示后，不管早晨上幼儿园还是傍晚接他回家，他都要拉我们一起走到他的画前自己欣赏一番，并告诉我们他给画中的小猪取名叫"噜噜"。傍晚他会对画中的小猪说："小猪噜噜，你好呀，我要回家了，你乖乖地在这里等我吧，明天再见。"早上又会说："噜噜，你早呀。我来上幼儿园了。"然后还努起小嘴做亲热状，对小猪噜噜说再见后再去教室。

正当我想着恒恒的画时，忽然看到紧挨着恒恒的一个小男孩哭出了声，恒恒也停住了笔看着自己的小伙伴，一脸的同情。老师赶忙过去，问孩子怎么了，孩子边哽咽着边说："我妈妈怎么还没来呀？"原来是孩子妈妈答应来看他画画的，却迟迟没到。孩子学了一学期，多想展示给爸爸妈妈看呀，我理解此时孩子的心情，更理解孩子爸妈的不易。他们若不是有种种不能推脱的事情与责任，是不会错过这种陪孩子的机会的，我的儿子儿媳也是这样。看着孩子恣意乱飞的眼泪，我鼻子酸酸的，盼着男孩的妈妈快点出现。只听到老师给男孩妈妈拨通了电话，然后又搂着男孩说："别哭了，妈妈在路上，一会儿就到了。"男孩点头，依然流泪。我看看恒儿，不知他是不是也在想爸爸妈妈？恒儿已经开始给画好的画儿涂色了，还是那么认真、专一。不一会儿，一幅卡通小猪放鞭炮的画儿就呈现在我眼前。恒儿很自信地拿起说：

"老师，我画完了。奶奶你看好不好？"我赶忙伸出大拇指赞他，他转身交给老师。

再看哭过的男孩，妈妈来了，站在他的身后，不停地指点着他，孩子情绪稳定下来，已在全神贯注地绘画。再看其他小朋友，有的画蜘蛛网，有的画汽车、风景画，都画得有模有样的。

绘画演示结束，孩子们在家长的带领下离开了画室。

带着恒儿回到家，我们一起翻看恒儿厚厚的画册。画册封面是两条小鱼，恒恒说那条努着嘴的是姐姐，因为涂着口红呢，另一条是他自己。小金鱼上面老师写了"邵子恒作品"。翻看里面，有盛开的梅花，恒儿便给我们演示梅花树枝的画法。他说："先把墨汁滴在纸上，然后用嘴这样吹。"说着趴下吹一下，又说，"一点点地吹，树枝就出来了。然后再用红颜色画出花瓣儿，梅花图就画成了。"又翻到一张小鸡带着鸡宝宝玩耍的画儿，上面还有小毛毛虫，恒儿的故事又开始了，他指着小鸡说："奶奶，鸡妈妈饿了，想吃毛毛虫，但是小虫不想让鸡妈妈吃，鸡妈妈就想了一个办法，唱歌。毛毛虫听到鸡妈妈的歌声很好听，就爬过来了，鸡妈妈赶紧把毛毛虫吃到嘴里，咽到肚子里。毛毛虫到了鸡妈妈肚子里觉得很暖和，就说：'鸡妈妈，谢谢你让我到你的肚子里，外面很冷，我在你的肚子里好暖和呀。'鸡妈妈很开心，就领着鸡宝宝们开始玩耍了。"就这样翻看着恒恒的画，听恒恒讲着因画演绎的一个个故事，这个傍晚我们过得很开心。

看着恒恒天真的笑脸与他的画儿，我们无法用画家专业的眼光去评判画的优劣，但这些画儿出自一个四岁八个月大的孩子之手，这已经很令我欣慰自豪了。不是吗？恒儿做事认真，善感，善思，他有一颗善良的心。虫子被鸡吃了，但小虫子没有恨鸡妈妈，反而说谢谢鸡妈妈让它感受了温暖。孩子的心是多么的纯洁善良。恒恒是用天真无邪的眼睛去发现生活中的美好，用一颗炽热的童心去感受生命中的温暖，用一脸童真的笑容感染着我们。在他的童年里有一片纯净的蓝天，不但装饰了他的童年，更衬出了大人们心情的灿烂。

通过参加孩子们的活动，让我更觉得，孩子们是一颗颗勃发的种子，正在奋力长大；孩子们是一朵朵娇艳的花蕾，正在含苞待放，他们的成长离不开老师与家长的陪伴与教育。愿在老师及我们全家亲人的培育呵护下，情儿、恒儿度过快乐的童年时光。

3月8日

送给奶奶的礼物

今日三八节，幼儿园老师指导孩子们给妈妈做爱心礼物。情儿给妈妈做了爱心

左一是恒儿，在精心制作礼物

礼物，恒儿给奶奶做了礼物，奶奶很感动。谢谢我的小孙子对奶奶的厚爱。这礼物奶奶一定好好保存，这是一个不到五岁孩子对奶奶付出的回报。感谢我的儿媳给我生了这么好的孙子，带给我这么真挚的爱。

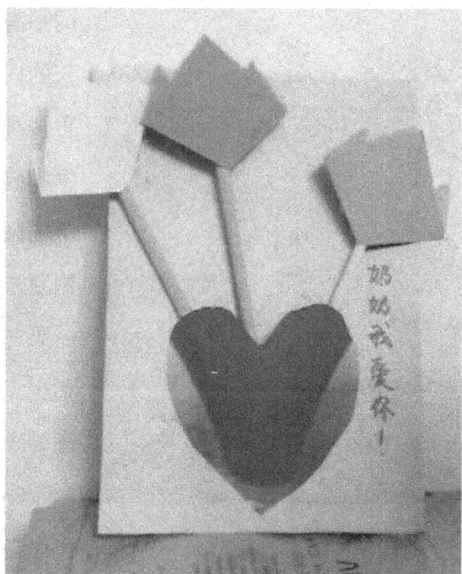

恒儿送给奶奶的礼物

4月2日

傍晚的情愫

四月的天是美好的，尽管四月有清明节，有怀念逝去亲人的忧伤，但依然有美好的时光似清风在心海里泛起涟漪，今天傍晚一个祖母就与小孙子度过了一段美好的时光。

傍晚的紫荆山公园美景如画，湖畔绿柳摇曳，花儿绽放，湖水似一面镜子，把岸上的树木、花草、游人一股脑地收进了湖里。太阳的余晖撒了一湖的碎金，几只白鹅在水里游荡，打破了湖面

恒儿在看蜘蛛结网

的平静。它们所过之处掀起长长的白色涟漪，于是湖里的树呀楼呀的倒影便随水飘荡变得模糊起来，很像印象派画家笔下的画。鹅们游过后，湖水又恢复了平静。傍晚时分，喧闹一天的许多游人归去了，路人稀少，祖母牵着小孙子的手沿湖畔小路漫步。

小孙子走累了，于是祖孙俩坐在圆圆的亭子里歇息。小孙子抬头指着亭子上面说："奶奶，看，蜘蛛在织网。"顺着孙子指的方向，祖母看到一只长着长长的细腿的蜘蛛真的在忙着爬来爬去地织网呢。孙子说："奶奶，它很像我画的蜘蛛。奶奶，它为什么不飞？"孙子问。

奶奶问："它有翅膀吗？"

"没有。所以它飞不了。"孙子很坚定地说。

奶奶爱怜地摸摸孙子的头说："恒恒，公园美不美？"

"很美。"

"咱们看到了什么？"奶奶问。

"有绿绿的树，有五颜六色的花儿，有大白鹅。"孙子指指周围回答。

春天的公园

　　奶奶又说："湖水像不像一面大镜子？"恒恒说："很像。奶奶你看，湖里有爸爸的办公室。"奶奶说："对，湖水这面大镜子把爸爸的办公楼照进去了，水里的办公楼是爸爸办公楼的倒影。你看，湖里还有什么？"恒恒说："还有树的倒影，花的倒影。鱼，鱼，奶奶你看水里的鱼。"奶奶看到几条不同颜色的金鱼在水里嬉戏，恒儿站起来趴到护栏上看鱼，奶奶搂着恒儿一起看。恒儿说："奶奶，我很想变成一条鱼，在水里游来游去。看到奶奶看着我，我就说，奶奶，你也快变成鱼到水里与我们一起游来游去吧。咱们一块到海底世界游玩，一定很快乐的。"奶奶亲亲恒儿的头说："恒儿你的想象力真丰富，那咱们就变成鱼一起游来游去吧。"于是奶奶牵起孙子的手，祖孙俩在湖畔小路上伸开另一只手臂做游泳状，嘻嘻哈哈地前行。

手机响了，孩子父亲打来电话说已加完班，准备带恒儿回家。恒儿扑进奶奶怀里，搂着奶奶脖子说："奶奶，我要回自己家了，抱抱我吧。"于是奶奶抱起恒儿。恒儿说："奶奶，我就像只小猴子，奶奶是棵大树，猴子就爬到大树上来了。"奶奶说："对，奶奶是大树，奶奶永远是恒儿眼里的一棵大树。"往前走了几步，恒儿趴在奶奶耳朵上悄悄地说："奶奶，再见。"于是放开搂着奶奶脖子的双手："奶奶，我下来自己走，不然你会很累的。"奶奶心里暖暖的，放下他，牵起恒儿的手向公园门口走去……

4月17日

情儿、恒儿五岁生日的祝福

今日是个平凡的日子，但因了我宝贝孙子孙女的诞生而变得不平凡了。今天是情儿、恒儿五岁生日，感谢儿媳让我们有这么好的孙辈，带给我们这么多快乐与温暖，祝福孩子们生日快乐。

孩子经妈妈七月怀胎，历经磨难来到这个世界，他们是我们的精神导师，丰富着我们的生命，教会我们什么是爱，什么是善，什么是成长，什么是记忆，什么是分离，什么是无法用眼、只能用心去体会的真情。

他们不断地成长进步，学会许多生活技能与知识。例如：自己吃饭、穿衣，自己上厕所，自己刷牙洗脸；会讲故事，会背古诗词、绕口令，会弹简单的钢琴乐谱等。他们令我们爱怜，愿孩子们在人生路上大步前进，开心每一天。

出差在外的孩子母亲做的生日图片集。

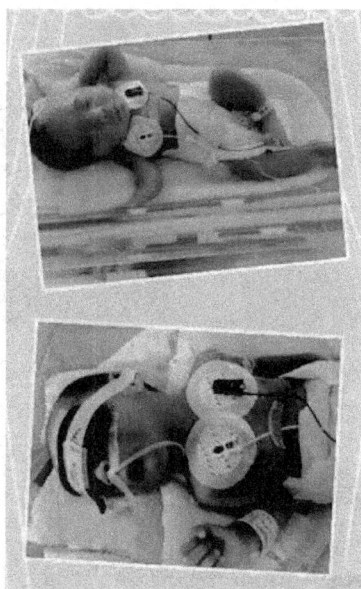

刚出生时在保温箱里的情儿、恒儿

会摘草莓的情儿、恒儿

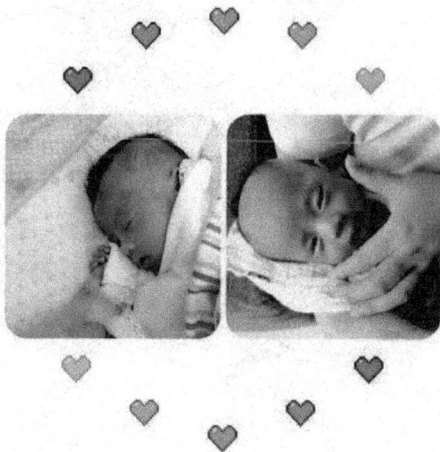

从医院回到家里的情儿、恒儿

成长中的情儿、恒儿

WO WO

你若安好，便是晴天。五岁的小宝贝们，未来很长，你我一起加油(ง •̀_•́)ง

孩子父亲的祝福

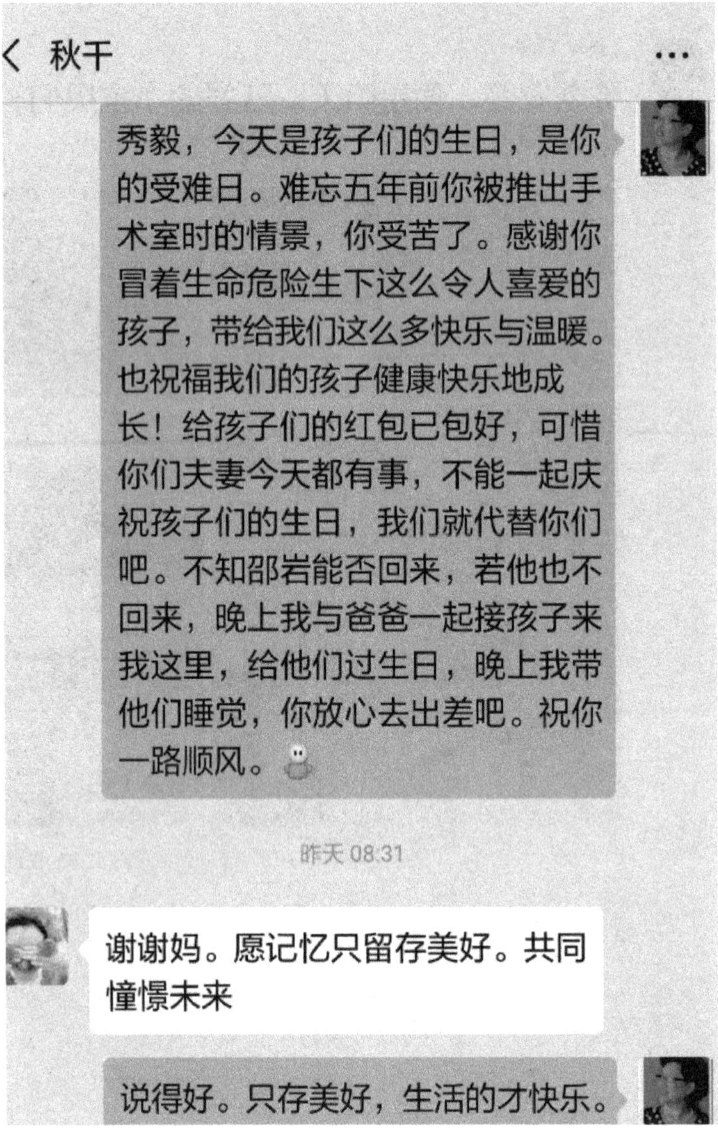

秀毅，今天是孩子们的生日，是你的受难日。难忘五年前你被推出手术室时的情景，你受苦了。感谢你冒着生命危险生下这么令人喜爱的孩子，带给我们这么多快乐与温暖。也祝福我们的孩子健康快乐地成长！给孩子们的红包已包好，可惜你们夫妻今天都有事，不能一起庆祝孩子们的生日，我们就代替你们吧。不知邵岩能否回来，若他也不回来，晚上我与爸爸一起接孩子来我这里，给他们过生日，晚上我带他们睡觉，你放心去出差吧。祝你一路顺风。

昨天 08:31

谢谢妈。愿记忆只留存美好。共同憧憬未来

说得好。只存美好，生活的才快乐。

奶奶发给出差途中妈妈的祝福

2019 年冬天的情儿、恒儿

五岁的情儿、恒儿

4月24日

情儿、恒儿画中故事

今天下午，幼儿园绘画课上，老师为了充分发挥小朋友的想象力，要求每一个孩子，根据自己所想画一幅画。情儿、恒儿分别画了。爷爷奶奶去接他们时，情儿、恒儿争着让爷爷奶奶看他们的画。奶奶说："一个一个地讲，情情你先讲吧。"恒儿听后拿着自己的画安静地与爷爷奶奶一起听姐姐讲画中故事。

情情指着自己的画说："爷爷奶奶，你们看，天很晴，太阳照着大地，天空有云朵在飘，有小鸟儿在天空飞。地上

情儿（上面两幅）、恒儿的画

有绿色的青草，青草里有漂亮的花儿在开放。一只小刺猬出现了，它硬硬的棕色的刺支棱着，慢慢地向前走。这时候飞来一只漂亮的开屏的孔雀，它落在地上与刺猬一起玩耍起来，它们玩得都很开心。"情儿讲完自己的画中故事抬头看着爷爷奶奶，爷爷奶奶

夸她画得好、讲得好,情儿歪歪头很开心地笑笑,脸像花儿一样美。

恒儿赶紧拿了自己的画对爷爷奶奶说:"该听我讲了。"恒儿指着画说:"有一天,家长带小朋友去野外玩耍,带了帐篷。帐篷里布置得很漂亮,有花盆,花盆里种着仙人掌,另一个花盆里种了花儿。小朋友在帐篷里午休。天空飘来乌云,天阴了、黑了,小鸟儿赶紧往窝里飞。下雨了,雨点很大,打在帐篷上。帐篷里的小朋友从小窗子里看见一只怪物由小变大,瞪着双眼,张着有牙的大嘴,嗷嗷叫着走到小朋友的帐篷边,用翅膀敲打帐篷。小朋友害怕极了,大哭了起来,可是他想起了老师说过遇到危险要打 110 报警电话,就用手机拨打了 110。一会儿警察叔叔就开着警车来了,打走了怪兽,救了小朋友。然后,小朋友说谢谢警察叔叔,叔叔摸摸小朋友的头,挥挥手说了再见就走了。"子恒讲完自己的画中故事,问爷爷奶奶说:"我讲得好吗?"爷爷奶奶忙点头,夸恒儿画得好,讲得也好。恒恒说:"奶奶,你拿着这画儿回家拍下来,把故事记下来吧。"奶奶点头答应。情儿还嘱咐奶奶好好拿着画儿,别弄皱了、坏了。奶奶慈爱地对姐弟俩说:"奶奶记下了,回家就拍下来,把你们画中的故事写出来发到微信朋友圈,你们的爸爸妈妈、老师、小朋友都能看到。"姐弟俩拍手说:"太好了。"

延时班上课时间到了,姐弟俩挥手与爷爷奶奶说再见,转身去教室上课……

4 月 26 日

河南省文化厅艺术幼儿园亲子运动会掠影

今年的春天，天气变化特别无常，有时热得穿裙子短袖，有时又冷得穿上棉衣。就在这变化无常的季节里，河南省文化厅艺术幼儿园一切照旧，春天的冷暖对老师和小朋友影响甚微。他们不怕天冷，依然在春天里奔跑，在春风中嬉戏。孩子们在老师的组织带领下，演绎了一场场别开生面的爱的故事。

慈祥的幼儿园园长妈妈，是众位老师尊敬的老大姐，是小朋友们心中的暖心人。看，她一出场，小朋友们的坐席上立刻响起了欢呼声，他们高喊："园长妈妈，您好。"听着这暖心的称呼，看着这仪态端庄的园长妈妈，家长们的心也被暖化了。园长妈妈

代表园里的老师致开幕词，接着令人感动的亲子活动就要开始了。

主持老师庄严宣布：国旗手入场。看他们严肃的表情，坚定的步伐，与那些成人国旗手相比一点都不逊色。

情儿、恒儿所在中五班进场

升国旗，唱国歌，他们激情澎湃，自幼就知道国强才能民安，更知道民安才有现在安定的幸福生活。看小朋友的代表在老师的引领下，一步步走进运动场，那泰然自若的神态，包含着多么强的自信心呀！

尽管是小托班，但我们依然懂规矩，有故事。

尽管阴天，天气有点冷，但是师生心是热的。你看他们穿着运动服多精神、帅气！老师与孩子同甘共苦，相信她们的表演一定精彩。

运动员、家长代表的发言，得到老师家长的热烈掌声，下面他们的故事开始了。

看，演绎足球故事的小队友把鞋子都丢了，还在继续演出。老师当然更关心孩子们的身体健康，立马就把鞋子给她穿上，继续演出了。

外面天冷，队友们下场后，老师立刻给他们穿好衣服。这来自老师的爱令家长感动。老师像妈

妈，谢谢您老师妈妈，想得如此周到。

您知道的，这次春天里的故事是需要一家人共同演绎的。看，孩子的爸爸妈妈也来了，他们与自己的孩子共同演绎爱的故事。这都是老师们的创意，一起感谢老师们吧。

把母子父子之情演绎得淋漓尽致。爸妈陪伴，成长无憾！

　　老师富有创意地编写了许多故事，让孩子们尽情地演绎，比如这集体拍球就是其中一项。许多小朋友排成整齐的队伍，拍着球左右前后随着音乐节拍旋转，球不能离手的。为了拍好球，老师经常带孩子们练习，还在班群里发通知，让孩子们在家随着音乐练习拍球。有的家长还专门给孩子报了体育班学习拍球。今天表演，孩子们都很认真，没有一个出错的。

　　下面是幼儿园中五班（情儿、恒儿所在班）的小朋友在拍球。

看，他们在老师的陪伴下是多么的认真，多么期待尽快上场呀。

老师们还发明了滚轮胎钻圈运动，这项运动考验孩子的速度和协调能力。看，轮到恒儿了，他在老师的安抚下，克服紧张情绪立马冲了出去。

恒儿，加油！加油！

终于快到终点了，他脚下不稳摔了一跤，但他赶紧爬起来，调整情绪推着轮胎继续奔跑，跑到了终点，交给了队友。

发生在春天里的故事永远演不完，老师家长共同给孩子们发奖。

美好的一天结束了，孩子们不仅锻炼了身体，还懂得了：只要付出就会有收获，只要坚持就会有好的结果。他们会牢记老师与家长的教导，好好学习，锻炼身体，演绎更多爱的故事。

5月18日

陪恒儿参加体育培训班

恒儿很刻苦，尽管有点胆小，但在老师的陪伴下还是能完成老师规定的动作。这会儿，恒儿已是满头大汗，头发似水洗过一般，看着令奶奶心疼。

5月28日

恒恒参加绘画展示活动

恒儿与往年一样参加了河南省文化厅艺术幼儿园组织的绘画展示活动，在老师的教导下，有了很大的进步。画画依然很认真，

整个过程不被环境干扰，可惜因时间紧，没能听恒儿给我讲述绘画内容故事，只是拍到了他绘画的过程及成果。他画的好像是外星人。听他说绘画获了奖，奖牌妈妈拿回他们家了。明天问清楚再补写。为孩子的健康成长而欣慰开心。

奶奶来助阵

10月1日

郑州东站候车室

国庆假日，爸妈加班，恒儿、情儿跟随爷爷奶奶去外地游玩。坐地铁到郑州东站，进入候车室，情儿、恒儿环顾四周，很是兴奋。情儿说："真没想到，地铁站连着高铁站，高铁站连着地铁站。"恒儿则指着二楼的餐饮店说："真是不可思议，这里竟然还有吃饭的地儿。"随后在奶奶的陪同下，走向车站一头，看到玻璃窗外的广场景色，两人同时惊呼："真美呀，奶奶，快拍下来，发给爸妈看。"奶奶立马拿出手机拍照。

看了一会儿广场风景，又看候车室。恒儿发现了墙上挂的大钟说："奶奶，快看，好大的钟表！"随即拉着姐姐，站好，学着阅兵式里解放军的样子抬头挺胸立正，举手敬礼，奶奶忙把他们拍了下来。奶奶问："是不是爸妈带你们一起看国庆阅兵了？"情儿说："不是，是我们上美术课的时候，老师和我们一起看的。"奶奶说："解放军都很勇敢，遵守纪律，是他们在保卫祖国。你们要向解放军学习。"两个孩子点点头。恒儿说："奶奶，爸爸告诉我，小时候学走路，我很勇敢的。"奶奶摸摸他的头说："是的，当时，你看姐姐走得好，自己着急，就一直练习，摔倒了就爬起来，不哭也不叫，练得满头大汗。奶奶心疼你，忙抱起你让你歇会儿，可你在奶奶怀里直往外挣，指着地还要练习走路，奶奶好感动哟。"恒恒说："我以后还要勇敢。"说着竟然坐到了地上，双手合十放在胸前，闭上眼，低着头。姐姐见状也坐在弟弟身边，不知此时姐弟俩在心里默念了什么？奶奶问，他们只是笑而不答。

候车室里传来我们所乘列车车次进站的广播，孩子们很乖地牵着爷爷奶奶的手进站上车，旅行开始……

11 月 30 日

恒儿终于会跳绳了

幼儿园新增跳绳课，情儿动作协调，很快就会了。恒儿学得很吃力，回到家，爸妈就让他自己练习。恒儿很刻苦地认真学习，经过一段时间的练习，恒儿终于学会了跳绳，孩子很高兴。

恒儿练习跳绳

2020

4月17日

情儿、恒儿六周岁生日

　　岁月如梭，情儿、恒儿今天步入六周岁，想来感慨万千。万语千言不再说，爷爷奶奶祝福情、恒生日愉快，平安快乐地成长。

5月26日

古诗润童心

中午吃饭的时候，女儿突然停下筷子，望着窗外阴沉的天空和淅沥的小雨感叹道："感觉这雨一直都在下，好像不会停一样，从早上到晚上，从晚上到早上……"儿子听了姐姐的话，也停止吃饭，转头看了看窗外，若有所思地说："这样的场景，让我忍不住想起了一首诗……"女儿迅速抢答："好雨知时节，当春乃发生。随风潜入夜，润物细无声。"儿子摇摇头说："不是。我想到的是'野径云俱黑，江船火独明。晓看红湿处，花重锦官城'。"话说，在一旁默默吃饭的我，听得真是又惊又喜。这触景生情的对话、恰到好处的表达，也算不枉费自己一直以来潜移默化的苦心培养啊。杜甫老先生若是泉下有知，看到自己的诗词如此受后人推崇，也该欣慰得拍手称快了吧。

孩子们刚上幼儿园的时候，我因为某个项目，在宾馆里集中办公了一段时间。该宾馆距离孩子们的幼儿园很近，虽然年代久远，条件一般，墙上却装饰着不少字画，文化氛围浓郁。其中，在二楼步梯转角的墙上，就挂着一幅《策马奔腾图》，甚为醒目。画上除了有骑马的人，还有着一望无际、绿油油的草原和成群结队的牛羊。

某天，俩孩子从幼儿园放学后来找我一起回家，在他们牵着我的手下楼时，迎面看到的就是这幅画。彼时，一向谨小慎微的儿子，只顾低头盯着脚下，小心翼翼地下着楼梯，女儿却已经第一时间注意到了这幅画，开始欣赏并吟诵起来，"天苍苍，野茫茫，风吹草低见牛羊"。这两句倒是莫名地贴合此画的意境，让我当时就忍不住想给她点个赞。

还有一次，带孩子们到离家不远的网红小店吃饭，在等着饭菜上桌的时候，女儿突然举起自己面前那个纯白色的圆形餐盘，兴致勃勃地说："小时不识月，呼作白玉盘……妈妈，你看，这个是不是就是你说的白玉盘呀？"

2020年，应该会是很多人都记忆深刻的一年。因疫情导致幼儿园迟迟不开学，年后又遇上孩子奶奶接连住院，我们两口子在交替请假、居家办公兼带娃了一段时间后，迫于工作忙碌、分身乏术，无奈之下向孩子姥姥姥爷发出邀请。姥爷不顾自己也是刚出院不久，火速赶来支援我们夫妻，让我们这段时间才得以正常上班。

就在前几日的某天晚饭后，我收拾碗筷、打扫厨房，孩子爸爸陪女儿练习钢琴曲，姥姥姥爷则在卧室追年代感十足的热播剧《远方的山楂树》。儿子对以上活动均不感兴趣，只能独自一人在客厅玩耍。等我忙完后发现小家伙正呆坐在滑板车上，形单影只、百无聊赖，就突发兴致邀请他一起去熊耳河边散步，儿子欣然答应。

晚饭后、临睡前的这段时间，河边儿一向欢歌笑语很是热闹。我们一路都在枝繁叶茂的各类花木和翩翩起舞的广场舞中穿梭，时不时就会遇到几个追逐嬉戏的孩子以及紧随其后的大人。如果不是现场人人都戴着口罩，真要以为疫情什么的都只是人类的幻觉。

返程时，我们娘俩选择走的是远离马路、相对清净的内侧小路，那里沿河种着一排葱茏茂密的大柳树。儿子牵着我的手一边儿在小路上蹦蹦跳跳地走着，一边儿欢快地唱着"碧玉妆成一树高，万条垂下绿丝绦。不知细叶谁裁出，二月春风似剪刀"。我装作不懂的样子向儿子请教："这首诗是谁写的？写的什么呀？听起来很棒的样子啊。""《咏柳》，唐，贺知章。"儿子笑嘻嘻地说完，又晃着我的胳膊撒娇："妈妈，我好喜欢和你一起散步哦。这样的场景，就像……嗯……就像《江畔独步寻花》一样呢。"说着就开始大声念起来，"黄四娘家花满蹊，千朵万朵压枝低。留连戏蝶时时舞，自在娇莺恰恰啼。""但……这里可是河边，你有妈妈陪着，也不算是独步，而且晚上也没有看到多少花儿哦。"我故作遗憾地评价着，然后主动提议我们一起把这首唐诗改编一下，结合我们刚刚一路上所看到的，于是就有了一首明显模仿古人的《河畔结伴赏景》："熊耳河边绿满堤，千片万片压枝低。流连行人时时舞，自在孩童处处啼。"

昨天，有客人在家里吃饭，觥筹交错间，女儿突然主动问人家："你知道《劝学》这首唐诗吗？"客人摇了摇头，女儿便兴奋地吟诵起来："三更灯火五更鸡，正是男儿读书时。黑发不知勤学早，白首方悔读书迟。"接着又开始点评，"这是我最喜欢的一首诗，你知道是什么意思吗？……"不等姐姐把话说完，儿子就赶紧插话："那你知道我最喜欢的是哪一首吗？"说着便自问自答起来："'松下问童子，言师采药去。只在此山中，云深不知处。'我最喜欢的，就是贾岛的这首《寻隐者不遇》。"都说"命运所有的馈赠，都在暗地里标好了价格"，事实证明，这所谓的"价格"，其实就是你所有的、曾经的努力和付出啊！在还能彼此陪伴的有限时空里，尽我所能，全心付出，无怨无悔，甘之若饴。唯愿两个宝贝终其一生，平安喜乐，所见所闻，皆是美好。（来自孩子母亲的文字）

7月6日
宝贝的新生活开始

昨天，是两个孩子生活的转折点，他们离开了幼儿园陪伴他们三年的老师、小伙伴，告别了童年，步入了少年，上了"幼小衔接班"，开始了小学的学习。他们不再像在幼儿园学东西以愉悦身心为主，而是开始学习文化知识，开始有了家庭作业。

早晨，妈妈8点把他们送到学校。上课到11点，爷爷早已等在校外接他们回家。当两个孩子背着书包走进家门那一刻，奶奶把他们拥入怀，心情很复杂，既有看到他们成长的喜悦及欣慰，又有对他们是否能适应新生活的担心。人生各种体验竞争就从这背起书包开始了。看着他们喜悦的面庞，奶奶心想：我的宝贝们，你们长大了，你们再不是爷爷奶奶、爸爸妈妈怀里的娇宝宝了，以后许多事情都需要你们自己面对。想到这些，奶奶有些心疼，眼里便有了泪。

奶奶的发小来家做客，两个孩子换好拖鞋，由奶奶接过他们的书包后，便热情大方地向客人问好，得到客人的喜爱与表扬。客人说他们懂礼貌。

孩子很自然地去洗手，坐下吃饭后，要午休了，孙女提出要听凯叔讲故事，但奶奶考虑到中午休息时间短，认为必须抓紧时间睡觉，不然下午上课会没精神甚至打瞌睡。还好，两个孩子听了奶奶的话没有哭闹，很快地睡着了。睡到 2 点，爷爷来喊，奶奶先把孙女喊醒穿衣梳头，又把孙子喊醒。恒儿多少有些不愿意，哭了两声。奶奶给他穿好衣服，喝些水，两个孩子还是很听话地跟爷爷下楼上学了。

下午 4 点 10 分，孩子们让爷爷接了回来，喝些水就开始做作业。孩子们很认真地写、读，然后又讲了老师对他们的要求，看起来很开心，奶奶提着的心才稍微放松一些。

晚饭吃过，妈妈把孩子接走。爸爸出差还没回来，回他们家后，妈妈还要辅导他们英语，陪孙女练钢琴。

这一天，我们这一家人也就在忙忙碌碌中度过了。

愿以后每一天，孩子们都开心地学习文化知识，体验不同的生活内容，健康成长。

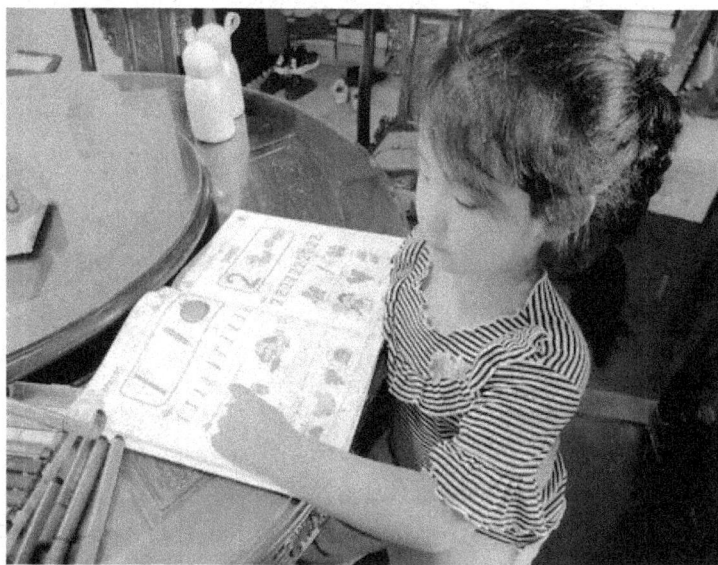

看课本

7月14日

师生情

三年的陪伴永生难忘！情儿、恒儿与幼儿园老师合影。

与孙老师合影

与张老师合影

与王老师合影

河南省文化厅艺术幼儿园大班毕业合影留念 2020.7

姐弟幼儿园门前合影留念

9月7日

情、恒上小学了

昨天，孙子孙女开始上小学了，入学前老师先在线上开了家长会。孩子妈妈出差在外，我们五口集体参加了会议。老师讲了学校的环境及各项要求，各学科老师讲了需要准备的学习用品，于是我们分头为孩子们入学做准备。

爷爷买了各种文具及美术课用品，奶奶与孩子们一起买了形体课穿的衣服及舞鞋。裤子有点长，奶奶把衣服洗过晾干后又一针针把裤脚缝起来，还帮孩子们包了书皮，把所有的文具写上孩子的名字。

学校还发了一个小圆木牌，要求孩子在上面画图写梦想。奶奶帮孙子孙女写下自己的梦想：情儿的梦想是长大当钢琴家，在舞台上演奏美妙的曲子给大家听；恒儿的梦想是长大开一家珠宝店，挣钱了给姐姐买漂亮衣服。此梦想牌被班主任老师收存。孩子回来转告我们说，到他们六年级时老师会拿给他们看。六年的时光，听起来是那么漫长，可回头看他们从出生到现在也是六年了。哭哭闹闹，说说笑笑，跑跑跳跳，一晃迎来了他们六周岁的生日，过去的六年，我们家长及幼儿园老师对俩孩子付出真诚的爱，孩子也给我们无私的爱，我们与孩子共度时光的同时共同成长，留下许多美好的回忆，令我们彼此深感欣慰与幸福。以后的六年，孩子将在这所小学学习成长。孙子说，到六年级，他与姐

姐都十二岁了，爷爷奶奶也七十多岁了。奶奶看着爷爷拍下的牵手的照片，心里有些伤感，不禁在心里想，这种有孙子孙女陪伴、与他们相拥相亲的岁月没有几年了，必须好好珍惜才是。

周末下午，爸爸、爷爷、奶奶带孩子去校园熟悉了环境。学校里有热水供应，但奶奶很担心孩子自己打水会烫了手。孩子打水时，会不会有老师在一旁照顾？厕所离教室也有点远，奶奶一直嘱咐孩子们：解完手后一定赶紧返回教室；冬天下雪地滑，要小心走路，别滑倒摔跤。孩子爸爸在一旁说："妈，别担心，孩子大了，一切他们都会自己做好的，我不也是这样过来的？"说起来也是，无论奶奶再怎么担心与不舍，孩子都会逐渐长大，一切都得学会自己面对，自己去做。

周一，学校规定 9 点 30 分到校，妈妈出差一直在外，爸爸上

班，孩子由爷爷奶奶护送入校。

清晨，招呼孩子们起床吃了早饭，奶奶按学校要求，让孩子们穿上校服，红色上衣黑裤子，看上去清爽利落，他们也分外精神激动。给孙女梳好头，牵起孩子的手，步行二十分钟到了校门口，已经有许多家长带着孩子集结在一起等入校仪式开始。

学校大门布置得很漂亮，悬挂着欢迎新生入学的横幅标语。学校乐队分站两边吹着欢快的曲子，孩子们在老师的带领下走进校门，走进教室，孙子孙女的小学学习开始了。这入校仪式应该是孙子孙女童年转少年最美好的记忆。

今天是周二，昨晚让孩子把今天需要的语文、数学课本及作业本自己装进书包。老师在班级群里说，今天每个孩子都要在班里自我介绍，晚上在家里，孩子爸爸还让他们进行了自我介绍演练。孙女在介绍自己后背诵了古诗《石灰吟》，孙子用英语介绍自己，还用英语说自己穿了什么衣服。他们对入校学习充满了期待和憧憬。愿他们今天以校为荣，将来学校以他们为荣……

8月2日

　　世界上最幸福的事，大概就是你想的人也在想你，你爱的人也刚好爱你，有人惦记，有人爱，有所期待……

9月8日

试问岁月，像这样相拥、牵手相伴还有多少年？

2021

6月23日

恒儿的梦

今天上午作业写完了，我与恒儿躺到床上闲聊。恒儿说："奶奶，我夜里做了个梦。"奶奶说："那就给奶奶和姐姐讲讲吧。"

恒恒说："我梦到自己走进了荒野，周围连一棵树都没有，但是眼前有房子。我走进房子一看，哇，里面全是金银财宝。我突然听到身后有动静，一看是两个强盗。一个强盗手里拿着枪，另一个强盗手里拿着刀，他们要杀我。我转身跑到洗手间的马桶里，一个强盗正好要尿尿，他坐到了我的头上，我伸手按动按钮，就被水流冲了下去。水流把我冲到一个大管道里，我在管道里跑呀跑呀，突然闻到一股香味。我向着飘来香味的地方跑去，跑到近前一看，有许多大兵拿着箭在射我。我摸摸口袋看有没有武器对付他们。我摸出一个泡泡糖，放到嘴里一吹，吹出一个大大的泡泡。我躲进泡泡里，有一支箭射中了泡泡，噗的一声泡泡破了，我又站在了大兵眼前。我急忙又摸口袋，这次摸出一个炸弹，轰隆一声炸弹炸响，电光一闪，姐姐从炸弹里蹦了出来。姐姐小手一挥，大兵全都死了。"奶奶说："姐姐真厉害。然后呢？"恒恒说："姐姐拉起我的手说，'弟弟快走'。这时候突然传来'喵——喵——'的声音，我们一看，原来是只黑色的小猫，绿色的眼睛正瞪着我们呢。我刚要去抱它，突然从梦中醒来……"

9月16日

快乐时光就在身边

今天网课结束，孩子开学在即，我老俩带两个孩子前往眼镜城给恒儿配眼镜。坐 27 路车摇摇晃晃近一个小时方才走到。

进得"舒美眼镜"店，因为多年全家一直在这个店配眼镜，与老板和老板娘及店员都很熟了。寒暄过后验光检查，恒挑选了

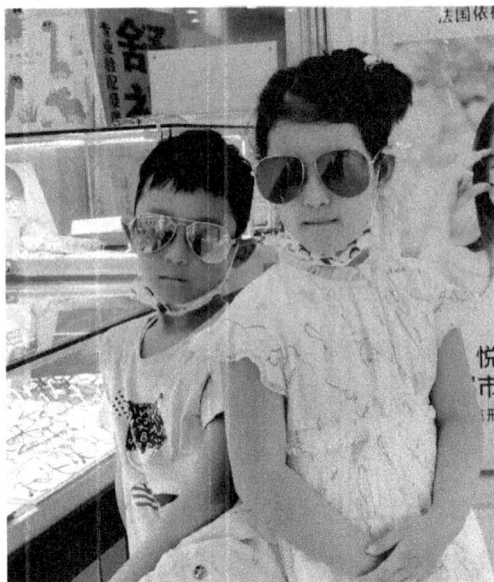

酷哥靓女在眼镜店

290

自己喜欢的眼镜框，很快配好，恒儿戴上新眼镜，照照镜子，满意地笑了。情儿说："弟弟戴上新眼镜像换了一个人似的，很帅。"

已到中午，姐弟俩要吃牛排，于是打车到了紫荆山"豪尚客"店，分别点了爱吃的牛排。

恒儿坐着吃着牛排，忽然停下说："不知爸爸妈妈在哪里？吃的啥？也像我们吃这么好吗？"爷爷说："爸爸出差了，妈妈这会儿还在上班。"恒说："那只有咱们一起吃了。"接着说，"今天坐那么远的车，快把我和姐姐晃晕了，现在坐在这里吃牛排，一会儿还可以在楼下游乐场玩，真好，值了。"我感叹恒儿小小年纪这么善感，想这么多事，看着他天真无邪的面庞，为他的懂事感到欣慰。

情儿坐在恒儿身边，有模有样地用刀叉切割着牛排，俨然是个大姑娘。她对恒儿说："弟弟，你若吃不完牛排，就给我吃。"恒儿立马把自己的牛排分给了姐姐，他只吃了一些意大利面和少量的牛排。

恒边吃边惦记着去楼下游乐场玩的事，催姐姐吃快些。他忽然用手掌拍拍自己的脑门说："这不是在做梦吧？今天怎么有这么多好事，换了新眼镜，还和爷爷奶奶一起吃牛排，一会儿还可以去游乐场玩。"

情儿说："你看看外面的太阳，看看路上跑的汽车，是真事，不是梦呀。"说着，在恒儿胳膊上轻轻一捏，恒儿很夸张地喊："疼，疼，这不是梦，是真事，我信了。"

饭罢，下到二楼一看，游乐场很小。爷爷说："这不是你们这个年龄玩的地方，是小朋友玩的。"恒说："我和姐姐只管玩会儿，找找童年的乐趣。"说着脱掉鞋子，进到了游乐场，钻毛毛虫玩具的肚子，骑木马，滑滑梯，开心极了。

爷爷困得不行，奶奶让爷爷回家睡觉，自己则坐在游乐场的门口边等孩子们边在手机上敲这篇小文，与情、恒共同感受此刻的快乐时光……

11 月 10 日

双宝的树叶画

因中午放学时间短不能午休，在接孩子们回家的路上，奶奶提议：午休时间可做一幅树叶贴画。于是两个孩子边走边捡拾各色树叶。饭后便拿出工具，先在白纸上认真创作出贴画的大体模样，然后仔细取材，又剪又贴地忙乎一阵子，一幅漂亮的贴画就做成了，孩子们很有成就感。情儿创作的是《妈妈摆好姿势准备拍照》，恒儿则创作了一幅《爸爸的老婆在跳舞》。

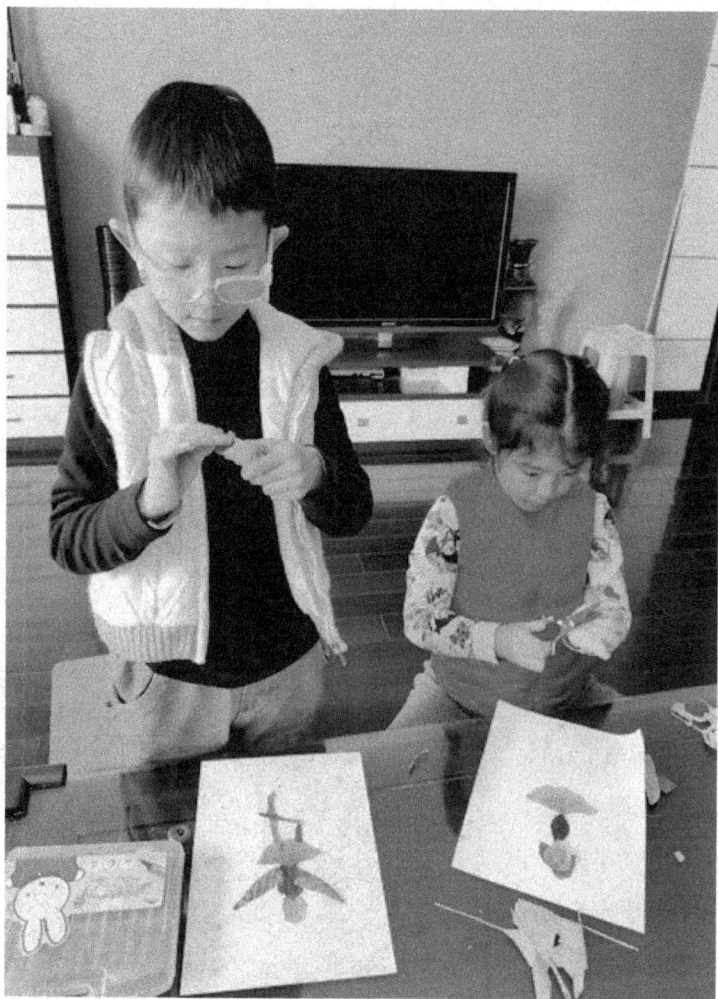

情儿、恒儿在做树叶画

2022

1月31日

今天除夕，上午打扫了家里的卫生，整理了孩子们的书及玩具，准备了包饺子的食材。

下午孩子们来了，一起贴了春联。晚饭欢聚一堂吃了儿子订的丰盛的年夜饭。看春晚期间与儿媳一起包了饺子。儿媳是个事业心很强的人，平时工作总是很忙，顾

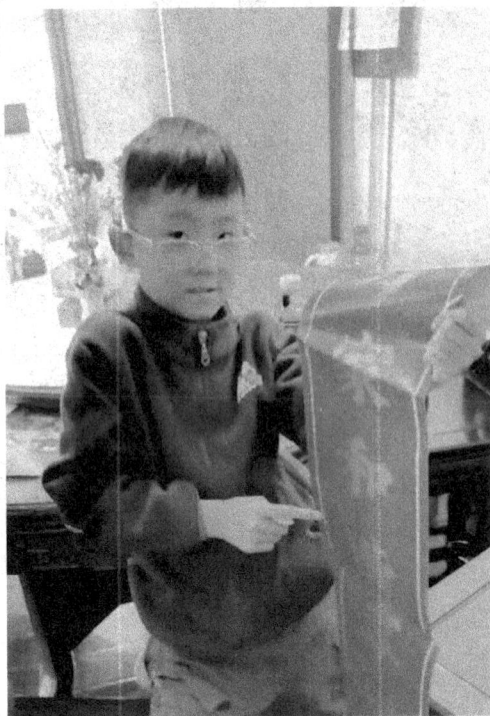

恒儿准备贴春联

不上与我交流沟通，过年了才回来与我们相聚，边包饺子边给我聊起工作中遇到的一些人和事，话题特别熨帖，聊得很开心。全家又一起吃了饺子。给孩子发了红包，孩子们很激动开心，孙子孙女还学会了一首古诗，牛年的除夕就算过去了。我们全家以饱满的热情迎接虎年的初一……

2月8日

孩子母亲的生日

今天依然与孩子们一起度过，不同的是今天是孩子妈妈、我儿媳妇的生日。孩子们很操心，说："爷爷奶奶的生日咱们那么重视，不给妈妈买礼物，妈妈会伤心的。"奶奶说："那就去给妈妈买一束鲜花吧。"下午奶奶带领他俩去花店，他俩亲自给妈妈挑选花儿。情儿说："妈妈喜欢淡雅的花儿。"于是选了粉色系列。选好，服务员给装饰绑扎好递给我，他俩争着要拿。情儿拿了一会儿就递给恒儿，一路上，恒儿都要自己抱着走。奶奶怕他累，想替他拿一会儿还遭他婉言谢绝。恒儿说："奶奶，你放心，我不会摔倒把花儿弄坏的。"

他们边走边商量怎么给妈妈一个惊喜。恒儿对姐姐说："我抱着鲜花，背对着妈妈，咱俩一起喊：妈妈生日快乐。"情儿说："不行，背对着妈妈不礼貌。咱们先把花儿藏起来，先祝妈妈生日快乐，再去拿出花儿，咱俩一起举起花儿给妈妈。"恒儿还说："让爸爸举起双手做个爱心。"说着走着，孩子对妈妈的生日充满了期待和美好的祝福。

吃过晚饭，他们的爸爸加班一直不来接他们，他们就很着急，恨不得赶紧回家给妈妈献花过生日。孩子的爱是真挚的，为孩子妈妈高兴。

祝福儿媳生日快乐，祝福我的孙子孙女及全家人虎年安康，吉祥如意。

2月10日
奶奶与孩子的读书时光

孩子们对奶奶说："今天过得很开心"，我也觉得开心。上午他们依然做作业。

午休起来，我们每人抱着一本书，很认真地读，房间里静悄悄的，各自沉浸在自己读的书的故事里。情儿读的是《金波童话》，恒儿读的是印度作家泰戈尔的《愿望的实现》。

金波先生以诗性的文字、美丽灵动的幻想、澄澈纯净的情感为孩子们创造了一个温馨的童话世界。书中的童话以温暖动人的文字抚慰孩子们敏感的心灵，教会他们感悟爱与生命的价值，情儿很喜欢里面的故事。

由宋诒瑞女士翻译的泰戈尔的这本《愿望的实现》中，泰戈尔抓住孩子们往往在不如意的时候希望自己变成大人这一普遍心态，写了极富想象力的风趣故事，很合恒儿的口味。

为了让情、恒认真阅读，奶奶规定：读完后要讲出来给大家听。情儿讲了《盲孩子和他的影子》，讲得很生动，从结构到文字基本都说出来了，奶奶伸出大拇指点赞鼓励。

恒儿则讲了《愿望的实现》，是讲一对父子都希望变成对方的故事，在"愿望仙子"的帮助下，他们实现了自己的愿望后，发生了许多想不到的事情。面对现实，他们都想放弃以前的心愿，做回原来的自己。最后在"愿望仙子"的帮助下，他们又变回了自己，彼此得到了理解，改变了不和谐的父子关系。恒儿讲得很投入，还用了肢体语言，很像演戏。我们听了感觉很不错。奶奶抱抱他，给他以鼓励。

奶奶今天读的依然是迟子建的《额尔古纳河右岸》，小说已到尾声，书中的人儿完结了爱恨情仇，以各种不同的方式离世，读得奶奶心里沉甸甸的，但依然被迟子建以优美的文笔、细腻的情感描述出的那些善良、勤劳、美丽的鄂温克族人的故事而唏嘘不已，感慨不已，感动不已。我觉得还得读第二遍，或者第三遍，然后写一篇读后感。

我们祖孙三人在书中找到了各自精神的追求，在书中动人心弦、美丽感人的故事氤氲中度过了今天的时光……

2月11日

陪双宝画画

日子一天天往前走，内容大多重复，我们今天的生活就又重复了昨天的一些内容：做饭、陪孩子，不同的是，今天上午我们祖孙三人坐下画起了画。

孩子们因为一直在美术班学习，所以他们喜欢画画，且很认真。我也陪他们一起画。

情儿画了老虎、兔子，还画了蝴蝶仙子。因为她是女孩，画的老虎、兔子都是经过装扮的，比如老虎戴着皇冠，兔子头上有蝴蝶结，那蝴蝶仙子装饰就更多了，珠光宝气加爱心，一看就是爱美的女孩形象。恒儿画了小兔子，画了蝴蝶，画得很快，也很好。我画了老虎、小兔、长颈鹿和一匹马，尽管画得不太好，但与孩子们一起做喜欢的事心里很快活。孩子们快开学了，这样互相陪伴的日子快结束了，我很珍惜与孩子在一起的时光。

下午，情儿读了《父与子》，恒儿阅读《恐龙王国大发现》。情儿喜欢默读，恒儿则需要分享，看到他没见过的恐龙就让奶奶一起欣赏，所以奶奶通过他也知道了一些恐龙的知识。

《额尔古纳河右岸》今日读完，心绪有些黯然，为那些离世的鄂温克族男男女女、老老少少。他们的形象在我心里一直活着，很佩服作者迟子建塑造了他们，让我了解了他们与大自然和谐相处的人生。他们的心灵很美，很纯洁，令我敬佩。这本书还要继续读，其中一些事、一些人让我放不下，忘不掉。第一次读有些断断续续，我希望能找个时间一口气读完。

明天周末，孩子们不会过来了，情、恒临走一直对奶奶说："奶奶，周一再见。"恒还抱着奶奶亲亲，说实在的，我心有些不舍……

2月14日

恒儿对未来的憧憬

今天带孩子去做了核酸检测，开学在即。做完，情儿由爷爷带着去上钢琴课，恒儿则随奶奶一起走回家。

恒儿很健谈，路上说爸爸妈妈学历是硕士，没读到博士，妈妈办公室有个阿姨是博士，恒儿说他想读到博士。我说光想不行，得有行动，现在就得好好学习，打好基础，才能上中学、高中，上大学读研究生和博士生。恒儿说自己要上博士的话还得多少年，我给他算算，还得十几年，他说到那时都二十几岁了，奶奶你可得好好活着。我点头应允说："奶奶还等着给你和姐姐带宝宝呢。"说说笑笑，我们回到家里。我说为了读博士，你快做作业吧，恒儿很听话地坐下做作业，我则开始准备午饭。

4 月 17 日

孩子总是希望生活有激情，有喜事。情、恒年前就掰着手指头算还有几天过生日，这一天终于来了。

他们分别约了自己的同桌杨志祥、王昊心怡一起过生日。一大早孩子们就来了。他们的爸妈考虑疫情期间还是在自己家里过好，于是买了鱼、虾、鸡，忙着做了一桌子菜。生日蛋糕是少不了的。喝着果汁吃着蛋糕，爷爷奶奶、爸爸妈妈，还有他们的同学一起唱生日快乐歌，他们开心极了。更重要的是，妈妈对他们提出了要求：又长大了一岁，要好好学习，上课认真听讲，尊师爱护同学，做个好学生。

小学二年级时的双宝

今天情儿还化了淡妆，更漂亮了。恒儿依然调皮得像只小猴子，与同学打打闹闹的，这是他的天性。看着他们可爱的笑脸，爷爷奶奶在心里祝愿他们生日快乐，在今后的岁月里，愿他们开心快乐地健康成长……

5月2日

假日"淘宝"

今天孩子们来了，分别几天还挺想念的。早餐间，恒问："奶奶，一大早你是不是想我们了？我一连打了几个喷嚏。爸爸问我是不是感冒了，我说不是，是奶奶爷爷想我了。"我说："是的，这两天我和爷爷就念叨你们，想你们了。"

吃过早饭，爷爷带情儿去上钢琴课，我带恒儿在姐姐学钢琴的教室旁边玩。情儿下课，就在新世纪百货三楼让孩子玩会儿。玩的项目很多，妈妈曾在电话里说，这里的项目不适合情、恒了，因为他们长大了。走来走去，也没找到适合他们玩的项目，情儿很厉害地高声对爷爷说："国家哪条规定说，长大了就不能玩小朋友的游戏了？"听后，爷爷奶奶无语，对比之下选了沙子淘宝。他俩很专心地淘宝，工作人员还拿了样品让他们对照认识自己找出来的宝石是什么矿石。恒很喜欢宝石，小盒子快装满了，情儿只要大一些的，盒子里还有许多空闲。此时此项活动还没结束，恒儿依然故我地捡拾着，情儿已心不在焉了。爷爷在一边看着孩子玩却瞌睡了，这就是代沟呀……

中午孩子们要吃牛排，爷爷奶奶请客陪之。吃过午饭去做核酸检测，下午再带情儿、恒儿去公园转转，吃过晚饭孩子们就回自己家了。五一假期与孩子们就这样过了，恒说："玩得真爽。"老了何求？孩子开心我们高兴就好……

5月5日
感情细腻的恒儿

疫情当前，全市管控了，孩子们不能来奶奶家，便与他们在网上联系。

管控前，奶奶在花卉市场买了一盆双色茉莉，还买了一扎黄色的小玫瑰，于是奶奶被管控的日子里有了新的内容。每天早晨起来先侍弄花儿，于是花儿也给了奶奶美的回报。茉莉花儿开花了，两朵白色的，两朵紫色的，发出阵阵清香。天天为黄玫瑰换水，剪掉一部分根茎，它们吸足了水分也展开了笑脸，铆足劲儿地绽放。奶奶拍了照片与宝宝们分享。

把照片发给恒儿，恒儿回"奶奶真漂亮"。然后又说："我是说花漂亮。"接着又回，"奶奶也漂亮。"看后，奶奶为恒儿缜密的思维感动。他的第一句话应该是这样："奶奶，花儿真漂亮。"他省略了逗号，省略了主语，因此看上去是说奶奶漂亮，于是就有了下句的解释：我是说花漂亮。又担心奶奶不高兴，接着又补一句：奶奶也漂亮。这小心思，这种替别人想的做法，真是令奶奶心疼。恒儿的人生刚刚开始，以后遇事还多着呢，总是这么照顾别人的想法，为别人着想，宝贝孙子，你活得该多累呀！心疼……

6 月 13 日

暑假第一天

小学放暑假了，妈妈出差去了外地，孩子一大早就被上班的爸爸送了过来。

首先解决吃饭问题。爷爷清晨 6 点就熬上了小米粥。他们 7 点多来后，奶奶问想吃啥，两个孩子说昨晚吃多了不饿。情儿吃了半个面包，恒儿则吃了一角奶奶烙的鸡蛋饼，两人喝了小米粥就不吃别的了。中午做了沙罐炖排骨玉米冬瓜汤，还有水煮肉片、蘑菇炒青菜、鱼香茄子、清炒扁豆角，主食是大米饭。可能是早晨吃得少，中午两个孩子吃得不错，特别是恒，连汤带排骨、玉米、冬瓜吃了好几小碗，还吃了半碗米饭。晚上又熬了小米粥，用黄瓜、胡萝卜、鸡蛋、火腿肠炒了大米饭，还有炒青菜，孩子特爱吃，说好久没吃奶奶做的炒米饭了，真好吃。看着他们俩吃得那么香，奶奶心里很高兴。

再就是学习问题了。孩子爸爸给他们买了课外书《安徒生童话》和《稻草人》，还有与这两本书配套的《提分手册》，里面有关于这两本书的填空题、选择题、判断题、简答题，帮助他们记住书的内容，理解书中故事的意义。

上午情儿、恒儿从 9 点读到 11 点（爸爸要求这样做），然后每人又做了仰卧起坐，以锻炼身体，增强体质。

下午，情儿、恒儿又描摹了《古诗词 75+80 首》册子。恒儿还按要求背会了《江南》《长歌行》；情儿背会了《游子吟》《早春呈水部张十八员外》《江雪》。

孩子们还自觉打了英语卡和语文作业卡，一天表现得还不错。我老俩很欣慰。

6月16日

相互陪伴的暑假生活

这两天孩子们依然按部就班地学习一些知识。儿子给他们在书店买了《小学学霸作业本》（数学三年级上册），先在电脑上看老师授课，然后自己做作业。两人很用心，作业都能很好地完成。在完成背诵古诗、描摹字体的基础上，做天天小练笔。但就是老大情儿的字写得支棱八叉，不像女孩子的字，奶奶很着急。

这与性格有关吗？还得监督情儿好好练字。

下午，他们读书后，说要自己编故事，于是奶奶打开录音机录下了他们的故事。恒儿讲了小红马的故事，用时2分半钟；情儿讲了小猫与白天鹅的故事，用时3分多钟。故事主题思想：恒儿讲的是人要善良，情儿则讲人对爱要专一。他们口才都还不错，以后多让他们讲，以锻炼思维和口才。

愿明天孩子表现会更好。

9月4日

休闲周末

今天与儿子一起带孙子孙女去了黄河边。正好婆家大哥的孙子子睿也来了，他是大三的学生，很会照顾弟弟妹妹。在他的帮助下，在爸爸的带领下，孙子孙女第一次到了黄河边，见识了黄河浩荡东流的气势，知道了黄河是我国第二大河，记住了黄河的长度是5464千米。孩子们在长知识的同时玩得很尽兴，我们也很开心。

中午在花园口一家渔家饭店吃饭。饭前孙子孙女与爷爷一起选鱼，爷爷选了四斤多的一条黄河鲤鱼，由服务员提着去后厨加工。孙子跑回我们吃饭的房间对我说："奶奶，我看到养鱼池子里的水是浑黄的，我是不想吃鱼了。还有呀，那个服务员叔叔用手抠着鱼鳃提着走，那鱼鼓着眼睛，身子一抖一抖的一定很疼，我不忍心吃它了。"我急忙说："养鱼的水是黄河水，水里是沙子，不脏的，再说到厨房，服务员会洗干净放佐料的。""那我也不吃了！"还没等我说完，孙子坚决地说。菜做好端上来，不管大家怎么说鱼做得味道鲜美，孙子真的就是一口都没吃。

下午，又带他们去水库边看钓鱼。正好一个钓鱼者钓上一条鱼来，情儿、恒儿赶紧跑过去看，情儿还在钓鱼叔叔的同意下用手摸了摸。恒儿却过来牵了我的手幽幽地对我说："奶奶，叔叔钓的鱼那么小，还是一条鱼娃娃。我就不明白了，鱼妈妈怎么那么放心，孩子还这么小就让它自己出来找食吃，把命都搭上了。它们太可怜了。"面对感情细腻有点多愁善感的恒儿，我都不知说啥好了。只听恒儿又说："它们是鱼，不是人。要是我才不会为了吃把命搭上呢！"我无语。

对于每一个人来说，人生漫长而又坎坷，看着孙子孙女稚气的脸，我只有在心里默默祝福：愿他们人生多些幸福少些磨难，一生平安……

9 月 28 日

儿子生日

今天是儿子的生日，也是我的受苦日，心中不免有些感慨。

儿子已到了不惑之年，我感觉：四十不惑的意思并非一个人到了四十岁，就什么也不迷惑了。四十不惑的真正意思应该是：一个人到了四十岁，经历了许多，已经有自己的判断能力（主要指价值判断，即判断是非、善恶、好坏、美丑……），不被生活中的表象所迷惑，能够明白事物的本质与道理，能够了解自己的优点与缺点。儿子基本就是这种状态，对家庭负责，儿媳工作忙，经常出差外地，他又怕我老俩太累，所以尽量自己带孩子，辅导孩子作业很费精力和时间，但他还是拿出最大的耐心，给两个娃最大的帮助。有时也发火，但这也是人生中的常态，谁都有自己的个性。我理解他的苦衷和内心世界的敏感和脆弱。他对工作负责，任劳任怨，工作忙的时候连吃饭都在打电话处理单位事务。他很累，媳妇更累。这个世界不知怎么了，现代化强国，现代科技发达，为什么现在年轻人都在忙，忙得顾不上家庭，顾不上看病？他夫妻俩都患有腰病、颈椎病，连看病的时间都没，更别说保养休息了。

昨天儿媳在海南打电话问候我的病情，聊起了她在海南出差的近段生活。也是连轴转，白天参会，夜里加班写报告，长时间保持坐姿，致使脚肿腿胀，自己买了膏药贴贴。听着她的诉苦，心疼呀。她告诉我，出差在海南这十几天，只给儿子打过一次电话，他们的小儿子恒儿生病不能上学在我这里住着她也知道，现在小女儿也病了，她还是听我说才知道。她是妈妈呀，有哪个母亲不爱自己的家和孩子呢？可她为了完成工作，顾不上想他们。我理解儿子夫妻的苦和累，我老俩也是尽自己的余力尽量帮助他们带孩子，处理一些家庭琐事，尽量减轻他们的负担和压力。看着儿子下班回到家疲惫的模样，听着儿媳妇电话里无奈的叹息，真的很心疼，也只好说："忙你的吧，别惦记家，把工作做好，家里还有我们呢。"放下电话，我躺在病床上，暗自垂泪。我也到了心有余而力不足的年龄，加上担心他们这样忙，身体累垮怎么办，心情有些焦虑，于是身体也总出点状况。这次病开始是嗓子疼，想在家吃点药扛过去，谁知越来越严重，夜里一直烧到 38.5 度，吃了阿奇霉素片也不行，烧得头重脚轻，浑身骨头疼。夫君说还是去住院输液吧，这才住进医院治疗。

前天输液一下午，晚上依然高烧到 39 度，现在依然在治疗中。大夫说是上呼吸道感染，经治疗，今夜就没再烧。愿我赶紧好起来。妈妈不在家，孙子孙女很依赖我，他们希望放学回家就看到奶奶，给他们吃水果、喝水、做饭、聊天。其实我喜欢被他们依赖的感觉，我认为贫穷不是饥饿，不是衣不蔽体和没有房屋，最大的贫穷是不被需要、没有爱和不被关心。我拥有孩子们的爱和依赖关心，我是富有的。孙子孙女每天见我都拉着我的手问："奶奶，你没事吧？"我会告诉他们："没事没事，奶奶像你们生病一样，吃吃药、扎扎针就好了，放心上学吧。"儿媳在百忙中打电话过来探病问候，告诉我明天（即今晚）就回来了。我告诉情儿、恒儿，他俩很高兴。还有比一家人守在一起，平平安安度岁月更幸福的吗？！

儿子生日，随手写了这许多，愿家里所有成员都健康平安，

308

愿我尽快好起来归家，更祝愿我的宝贝儿子生日快乐。

11 月 7 日

今日立冬，孩子们来了

秋渐去，冬来了，天气逐渐变冷，但今日心却暖暖的。

自有疫情从 10 月 14 日被封家中后，孩子们便离开了我的家，至今快一个月了。他们在爸爸妈妈的监护下，上网课做作业，虽然可以与我们视频，但彼此依然思念。

今天他们的爸妈开始正常上班，他们必须来我这里。昨天就做好了迎接他们的准备，买了水果和他们爱吃的食材，盼他们来盼得昨晚失眠，到清晨 4 点多才有了睡意。

今晨，爷爷 5：30 就起来熬大米山药红枣稀饭，煮了鸡蛋，还准备了他们爱吃的面包等。

7 点多我在厨房里准备菜，只听到大门敲得咚咚响，两个孩子迫不及待地喊着："奶奶，我们来了，快开门。"我赶紧把门拉开，情、恒扑进我的怀里，抱着亲我的脸。恒儿说："终于见到奶奶了。"情儿说："想死了，奶奶。"我们抱在一起亲热，半天不舍得分开。

因学校通知 8：10 升国旗，我说赶紧吃饭，吃了饭参加升国旗仪式。他们洗手坐下吃饭，在餐桌上恒儿说："奶奶，上周五我们啥都准备好了要来奶奶家的，一大早就起来了，可是因为去做核酸，队排得老长老长，我们做完核酸再来就耽误上网课，所以没来成。我和姐姐别提有多失望了，都想哭。今天终于来了。"情儿说，我想吃奶奶包的馄饨；恒儿说，我想吃奶奶做的荆芥饼。我说行，中午吃馄饨，晚上吃荆芥饼，孩子们高兴得跳起来。

吃完饭网课开始，情儿、恒儿各在一个房间。他们很安静，原来爱挤在一起，这次来后各听各的，谁都不打搅谁，这是很大的进步，我很欣慰。

他们在听网课，爷爷买来肉馅，我剁好姜葱，调好馄饨馅，择好、洗好青菜，准备11点半再包馄饨。课间，情儿说："奶奶，我好想吃你包的馄饨，都流口水了。"我说："中午一定让你们吃上，放心吧。"

削好苹果，课间给情儿、恒儿吃，连小猫都蹦蹦跳跳脚前脚后地撒欢。家里人多了，小猫也觉得不寂寞了。孩子们来了，家里人气旺旺，欢声笑语，何惧冬寒！这日子真好……

12月24日
伤别离

孩子们在这里上网课多天了，我老两口尽自己所能，尽量满足孩子们的需求，做他们爱吃的饭，帮他们做些力所能及的事。

孩子们很依恋我们，且有了自己的感情行为，令我欣慰感动。

平时，采买食材或生活必需品都是夫君去（他总说我不会买）。做饭基本都是我。饭后收拾餐桌，洗碗，整理厨房，有时夫君做，有时我做。昨天中午饭后，我在厨房忙活，夫君说："你去休息一下吧，我洗。"于是我洗了手走出厨房，听见恒儿说："爷爷爱吵奶奶，其实爷爷还是很关心奶奶的。"我说何以见得？恒儿说："你看，爷爷替你洗碗刷锅，让你休息。"我说你看出来了，恒儿笑着说是呀。我说家务事就该抢着做，互相帮着才好呀。

晚饭后，孩子们等爸爸妈妈来接。爸爸妈妈工作忙，总是不能按时回来，我们就会一起听听音乐，聊聊天。有一天小爱音箱放的是《洪湖赤卫队》里的歌曲《娘的眼泪似水淌》，我听着听着，想起了自己的爹娘和妹妹，泪流满面，泣不成声。姐弟俩看到我这样，情儿赶忙给我拿纸巾，还伸开双臂抱着我，安慰我。事后恒儿说："奶奶，我也流泪了。"我赶紧对两个孩子说："真对不起，让你们难过害怕了。"恒儿说："奶奶，没关系的，我们知道你在想自己的爸爸妈妈、妹妹了。"

最近四五天，恒儿一直干咳，吃了中药又加了阿奇霉素，还是控制不住，特别到夜里零点左右就开始咳，一声不离一声地咳，咳得满身大汗，头发似水洗过一般。我心疼又无奈，只好把湿透的秋衣换上干的，用毛巾擦擦头发，给孩子倒水喝，抱抱他给他以安抚。昨天夜里咳到一点多慢慢睡去，但一直睡不安稳，一二十分钟就迷迷糊糊地小声哭泣，还说害怕什么的。我赶忙哄他，抱他，看着他痛苦的样子，我也悄然落泪。我们祖孙俩就这样一会儿醒一会儿睡地到天亮。清晨，爸爸带着姐姐来了，早饭后与姐姐一起上网课，做作业。

今天晚上爸爸要带他们回家，这是因为明天至29号郑州要"静默"管理，他们与爸爸妈妈在自己家一起抗疫，一起生活，不再给我老俩添累。书包收拾好了，我提着沉甸甸的书包送到楼下，看着他们三口渐远的背影，忽然觉得心里空空的、怅怅的不能自已，决定出去走走，排解一下惆怅的思绪。

走在即将"静默"管理的城市落满黄树叶的路上，明显感到人少了。那些回家的人手里提着的、车兜里装的都是水果、蔬菜和生活用品，脚步都匆匆的。在疫情肆虐的今日，谁生活得都不容易，谁都不想被封在自己的家外。

孩子们也该回到自己家了吧？愿我的小孙子今夜咳嗽渐轻，早日恢复健康。愿所有的人都平安，愿这座城市也早日结束"静默"，民生顺昌。

看见天空的一抹彩云和落日，我也该回家了……

2023

1月21日

虎年最后一天

今天是虎年的最后一天了，明天是兔年的初一，祝福的话语似雪片一般飞来。很感动，这么多文友还记得我。当然，我也记得他（她）们。不管相识在哪里，都结下了深厚的友谊。过去的一年大家都经历了病毒的侵袭，有的已逝去了。不管怎样，无论他（她）们在哪里，我都记得他（她）们，记得与他（她）们相识的情景和交往的过程……

更令我感动的是，我们一家六口有了团聚的机会。孩子们来了，带来了生机和快乐，我们一起吃了团圆饭，餐间尽说这一时期的往事。儿子儿媳为工作付出了许多，是很辛苦的，我老俩也尽力帮助了他们，让他们工作没有后顾之忧，为此，我俩很欣慰，很满足。

今天，我家先生应该很累，因我"阳"后身体一直恢复不过来，他心疼我，主动承担家务，一大早就起来绞肉、剁白菜、洗香菇，拌饺子馅，活好面，为晚饭吃饺子做好了准备。儿子炒了拿手的红烧鸡块，夫君做了酸菜鱼，我炒了香菇青菜，炒了虾，清蒸了鲈鱼，孩子们吃得很开心。

晚饭后，儿媳帮我染了头发。因为疫情，我不想再去理发店，就想顶着花白的头发过年算了，但儿媳说："妈，过年哩，还是染一下吧。"为此，冒着严寒回他们家拿来染发的东西，细心地为我梳理，染发，后又洗了澡，令我倍感温暖。儿媳知道我是个讲究的女人，所以满足我的愿望，这令我感到幸福。儿媳还说以后想染了就告诉她，她帮我染。她是个懂事的女孩子，只因工作忙，有时顾不上我们，我是理解她的。

恒儿编导，情儿参演，爸爸旁白，妈妈录像，爷爷奶奶是观众，我们的家庭春晚也开播了。两个孩子很有这方面的天赋，把日常看到的和想到的生活小细节通过戏剧反映出来。他们自编自演，演起来很是认真，令我们做家长的耳目一新。不得不赞叹这代孩子的聪明和模仿能力之强！

除夕之夜，窗外的鞭炮似春雷般此起彼伏，响个不停。在爸爸妈妈、爷爷的带领下，在楼下公园里，孩子们也加入了放烟花、爆竹的行列。我站在楼上看着他们，感受到了他们激动的心情。这是他们来到世上第一次看到、听到过年的鞭炮声，看到烟花绚丽地绽放。回到楼上，见了我，两个孩子抢着说他们的所见所闻，激动万分。我开心着他们的开心，幸福着他们的幸福，心里暖洋洋的。世上还有比一家人团聚在一起幸福地过日子更美好的事情吗？！

　　明天是兔年的初一了，鉴于我的身体状况，孩子说去大商场转转，中午一起共进午餐过新年的初一。期盼着，过去的一年因种种原因久没光顾商场了，能与孩子们一起逛商场也是幸事一桩……

1月22日

兔年全家团圆过初一

大年初一，儿子把全家拉到了东区的王府井商场，与孩子们看了琳琅满目的商品，给孙子孙女买了心仪的零食，中午在"祖母的厨房"吃了西餐，然后又看了电影《交换人生》后回到了家。心情不错，孩子们更是开心。今年的初一就这样过了，挺好。

大型商场购物环境令人感到舒适，加上吃喝玩乐购物一条龙服务，更令人满足惬意。特别是与孩子们在一起，就更是令我们感到高兴。

午饭吃西餐，我们老两口尽管有点不太适应，但能与孩子们在一起互相陪伴，餐桌上刀叉齐用，与孩子们共同感受西方餐饮文化，也是一种享受。

电影《交换人生》的故事设定充满了奇幻和喜剧色彩。仲达与金好相亲时，无意间被暗恋金好的少年陆小谷撞见。因一次意外，陆小谷阴差阳错地与情敌仲达换了身，一场欢喜冤家的奇幻之旅正式开启……错综的背景，不同的人生，互换身体后面对未知的过去，展现出的喜怒哀乐令人动容。《交换人生》在春节期间上线播出，带来了团圆、喜庆、美好、祝福的年味！全家看得津津有味，孩子们不时发出会心的笑声……

中午吃的牛排很挡饥，回到家拿出昨晚包饺子剩的面擀了面条，这是我老俩的最爱，吃得舒畅满足……

明天初二，儿子儿媳带着孩子去走娘家，让孩子带去我们对亲家夫妻的祝福，祝他们兔年安康、吉祥、快乐！

爷爷奶奶给双宝发红包祝福新年

平时聚少离多，新年婆媳合个影

2月4日

双宝参加艺术童邦活动

今天是立春之日，从今天开始，蛰伏一冬的万物也开始复苏了，心里就觉得很暖。想想不久的将来就会脱去臃肿的棉衣，穿起春装与我的朋友或孙子孙女徜徉在花海中，心情就好起来。

孩子们因母亲出差晚上留宿家里。今天因母亲出差不能参加艺术童邦举办的亲子活动，这份美差于是落在我的身上。我脱掉做家务穿的居家服，换好出门的衣服，梳起发髻，一个精神的老太太出现在落地镜子里。我好似找到了感觉，久违了，这种形象。下楼走在小区的院子里，遇到一个同楼的邻居，打量我一番说："大姐，有啥活动？把自己打扮得这么利索。"我笑笑答："去参加孙子孙女艺术学校举办的活动。"邻居妹妹说："大姐就是讲究人。"我笑笑继续前行。参加这样的活动我感到荣幸，得给我的孙子孙女的同学、老师留下好的印象，我在心里默默地给自己打气。

坐车到了学校，孩子的老师热情地接待我，并说："欢迎奶奶参加活动。奶奶好时尚。"还好，我没给孩子带来负面影响，很欣慰。老师把我带到教室，两个孩子在参加猜谜活动，他俩高兴地让我坐在身边。老师要求一个家长陪伴一个孩子，于是我坐在恒儿身边，孩子爸爸坐在情儿身边。孩子们很认真地听老师宣读谜面，然后有规矩地举手，并很快地抢答谜底，得到老师和同学的赞赏。他们很得意地对我和爸爸笑笑，我说不要骄傲，要加油！他们笑着点头。

猜谜语活动结束，做手工开始。今天的手工是应景的，因为明天是元宵节，所以是在家长帮助下做花灯笼。情儿选了四面有画的正方形灯笼的材料，恒儿选了扇形灯笼的材料。情儿在灯笼上画了一年四季的花卉，恒儿画了春夏两季的花卉，并在花卉旁边画了小兔子，写了"兔飞猛进""吉兔送福"。我与他们的爸爸帮助他们粘好，把插件插好，两个漂亮的独一无二的漂亮灯笼就呈现在老师和同学面前。通过这样的活动，巩固了平时学绘画的知识，也增强了他们的手工技能，他们很开心。在老师的提议下，他们与自己的灯笼拍照留念。

中午一起吃了牛肉拉面，这是孩子们的**最爱**。这个立春之日就这样过了，我们都很开心。

爸爸帮情儿做灯笼

成果展示

1 月 26 日

睡前故事

自从春节放假后，孙子孙女还没在奶奶家住过，他们很是向往。今日因他们的爸妈有事，所以孩子们决定留宿奶奶家。

晚上，洗漱完毕，躺到被窝里，睡前故事便开始了。

安徒生童话及其他童话故事恒儿都读过，所以要求奶奶自己编故事。恒儿出的故事题目叫《蜜蜂与老鹰》，我听后对恒儿说："孙子，这可有难度呀，蜜蜂和老鹰不是一类，蜜蜂那么小，老鹰那么大，它俩怎么才有故事发生呢？"恒儿摸摸我的脸颊说："奶奶，好好想想，故事精彩不精彩，全看奶奶的了。"

于是我赶紧动脑筋，让大自然中这两种风马牛不相及的生物联系在一起，演绎一段故事，还得精彩。我想了想，也就按照思路讲了起来。

说有一个小朋友，因为生在天刚亮的时候，他妈给他取名叫"黎明"。他上三年级了，孙子说："奶奶，黎明与我一样大呀。"我说是的，别打岔，听奶奶继续讲。故事梗概如下：

黎明自己移植了一棵家槐，在他的疼爱管护下，小树一天天长大。当槐树开花的时候，引来了蜜蜂。黎明考上高中时，小树已经长成一棵大树。一个周末，黎明回到家，走到树下，情不自禁地抱住槐树，抬头看天，湛蓝的天空一只老鹰在盘旋。他感叹生活太美好了，槐花引来了蜜蜂，天空有老鹰，这说明故乡生态环境很好，他觉得生活在这种环境很惬意。

孙子听完开始点评，说："奶奶，你的故事编得不好，不扣题。按照你讲的，这个故事应该叫《黎明与槐树》。不行，你得重新讲一个《蜜蜂与老鹰》的故事。"

我想想，孙子说得对，于是整理思绪，赶紧构思，开始讲第二个故事。我讲的是：路边有一养蜂的伯伯。一天，一个开着小轿车的汉子来买蜂蜜。只见他车后一根绳子上拴着一只老鹰。养蜂的伯伯问他为啥拴住老鹰，汉子说是因为老鹰把他的宠物斗鸡抓住吃了，他恨老鹰，就设局抓住了老鹰，现在是在惩罚老鹰。养蜂的伯伯听了很不以为然，就对汉子说："老鹰吃鸡天经地义，不管你的鸡是宠物斗鸡还是一般的鸡，抓住就是老鹰的菜。老鹰向往的是蓝天，希望你不要禁止鹰的自由，赶紧放了老鹰吧。"汉子听了想想觉得有理，就爽快地把鹰放了。

孙子听了对我说："奶奶，这个故事还是没扣题，你强调了养蜂伯伯的善良，故事里也说了蜜蜂和鹰，但它们不是主角。不行，奶奶还得讲一遍。"

我挠挠头，很无奈地说："奶奶才尽，不会讲了，饶了我吧。"孙子说："不行！奶奶，你得想办法让蜜蜂和老鹰做朋友，它俩才能变成主角呀，你用拟人的方法讲。"我想了想，孙子说得有道理，我得想办法把蜜蜂和老鹰联系在一起。我赶紧构思，便又开始讲第三个蜜蜂与老鹰的故事：

在一个养蜂场，一群工蜂在忙碌着，其中一只觉得很累，便抬头看看天。只见飘着白云的蓝天中有一只老鹰在盘旋，它想，要是自己是一只老鹰该多好，在高高的天空俯视大地，风景一定很美。不像自己，天天飞不远，只围着花儿转，嗡嗡嗡，嗡嗡嗡，烦死了！想着想着，它飞离了蜂巢，往天上飞。它想飞到天上与老鹰做朋友，可是它实在太小，没力气飞那么高。此时它发现树枝上一只画眉鸟在啼叫着梳理自己的羽毛。蜜蜂飞到画眉鸟下方，落在树叶上，大声地与画眉鸟打招呼。画眉鸟只顾自己唱，没听到小蜜蜂的嗡嗡声，小蜜蜂急得快哭了，它又用劲飞了起来，飞到画眉鸟的身旁，对着画眉鸟说了想与老鹰交朋友的事。好在画眉鸟还懂蜜蜂的语言，它高兴地答应了，就让小蜜蜂飞到自己身上，向天空中的老鹰飞去。

　　小蜜蜂从来没飞过这么高，吓得闭紧双眼，只听到耳旁呼呼的风声。画眉鸟飞了一个时辰，就听到她唱着说："老鹰，老鹰，你停停，小蜜蜂要与你做朋友。"老鹰感到好奇，我这么大，蜜蜂那么小，为啥要与我做朋友呢？老鹰忙对着画眉鸟俯冲过去，于是他看到了趴在画眉鸟脖子上的小工蜂。小蜜蜂忙睁开眼说："老鹰你好呀，我想与你做朋友，也像你一样天天无忧无虑地在高空飞翔，看大地上的风景。"老鹰听后哈哈大笑说："小蜜蜂，你想得太简单了。我在高空飞翔不是为了赏景，是为了捕食地上的猎物，养育我的孩子，回报我的父母呀。有时我飞半天也捕不到食物，我的家人就会挨饿，我就会发愁的。"小蜜蜂听后张大了嘴巴惊讶地说："你也有烦恼呀，我还真没想这么多呢。"老鹰说："你们蜜蜂家族人口众多，分工也细，大家共同生活，互相养育，多好的团结互助幸福生活呀。我还羡慕你们蜜蜂呢。"画眉鸟听了它们的对话唱着说："世上一切生物的命都是早就注定了的，都要走自己应走的路，过自己应该过的生活，都有自己的职责，都应该把自己的工作做好。自己的日子过好了，这个世界也就太平美好了。"小蜜蜂听了画眉鸟和老鹰的对话，茅塞顿开，对画眉鸟说："我明白了。麻烦你，送我回蜂巢吧，我会做好自己的工作的。"随后又向老鹰喊，"再见，老鹰。祝你早日找到丰盛的餐食，祝你的家族鹰丁兴旺。"画眉鸟扇动翅膀，又是一阵呼呼风响，当小蜜蜂睁开双眼时，看到了它的家，它的众多兄弟姐妹正围着蜂巢忙碌呢。它也扇动翅膀边飞边喊："画眉鸟，谢谢你帮忙带我见到老鹰，我会好好工作的。再见。"说着它也加入忙碌的蜂群中……

　　故事终于讲完了，孙子说："奶奶，这次你紧扣题目，讲得不错。还用了拟人的方法，很好。奶奶，也不知我长大了做什么工作？走什么路？"我摸摸他的头说："不管将来做啥工作，都要努力做好。"恒儿点点头说："我记住了。奶奶咱们睡觉吧。"说着，打了个大大的哈欠，搂着我的脖子亲亲我的脸颊，说声"奶奶，晚安"，不一会儿便进入梦乡……

帅哥一枚